月夜の森の梟

小池真理子

朝日文庫

本書は二〇二一年十一月、小社より刊行されたものです。

月夜の森の梟《ふくろう》●目次

月夜の森の梟《ふくろう》

夫・藤田宜永の死に寄せて

三十七年前に出会い、恋におち、互いに小説家になることを夢みて共に暮らし始めた。初めから子どもを作らない選択をし、それならば入籍の必要はない、として事実婚を続けた。互いにいくつかの文学賞を受賞し、ひとつ屋根の下に二人の作家がいる、という風変わりな生活を楽しんできた。

世間から「おしどり夫婦」と呼ばれることも多かったが、私も彼もそのような手垢《てあか》のついた括《くく》られ方は好まなかった。私たちはよくしゃべり、正直にふるまい、派手な喧嘩《けんか》もした。そうやって小説を書き続け、気づけば年をとっていた。

婚姻届を出したのは十一年ほど前。銀行や病院などで「藤田さん」と呼ばれることにやっと慣れてきた二〇一八年春、名だたるヘビースモーカーだった彼の肺に3・5センチの腫瘍《しゅよう》が見つかった。

以後、亡くなるまでの一年と十カ月。彼は「闘病」ではなく「逃病」と称して、一切の仕事に背を向けた。書くことはもう、苦痛でしかない、と何度か私に明かしてきた。堂々と何もしないでいられるのは病気のおかげだ、とも言った。文学も哲学も思想も、もはや自分にとっては無意味なものになった、とまで言いきった時は、聞いているのがつらかった。彼が求めていたのは、死に向かう際の、自身の心の安寧だけだった。

張りのある声で、闊達《かったつ》によくしゃべる男だった。それは外でも家でも同じだった。世の中で起こることを論じ、自己分析をし、考えていること感じていることを私に向かって語り続けた。常に明るく明晰《めいせき》だったが、芯の部分にはいつも、少年のようなよるべなさ、消えない翳《かげ》りが見え隠れしていた。

恵まれた家庭に生まれ育った一人っ子だったが、実母との関係が悪かった。支配してくるだけの母親からは愛された記憶がなく、存在そのものが恐ろしくて、逃げることだけを考えていた、というのが、死ぬ間際まで、哀《かな》しい原風景として彼の中にあった。

昨年の八月末、恐れていた再発が肺の中に出現した後、打つ手がなくなるほど悪化した状態になるのは早かった。ぎりぎりまで自宅で過ごしたいという彼の願いを聞き入れて、私は覚悟を決めた。

年が明けてからの変化は凄《すさ》まじかった。日毎《ごと》夜毎、衰弱していくのがわかった。みるみるうちに声の張りが失われていった。痩せ細った背中の痛みをモルヒネでごまかしながら、それでも少し状態のいい時があると、彼は私にいろいろなことを問わず語りに話した。いつ死んでもいいんだ、昔からそう思ってきた、死ぬのは怖くない、でも、生命体としての自分は、まだ生きたがっている、もう生きられないところまできてしまったのに不思議だ、と言うのを聞くたびに胸が詰まり、嗚咽《おえつ》がこみあげた。

治療のたびに検査を受け、そのつど結果に怯《おび》えていた。劇薬の副作用にも苦しみ続けた。不安と怯えだけが、彼を支配していた。無情にも死を受け入れざるを得なくなった彼の絶望と苦悩、死にゆくものの祈りの声は、そのまま私に伝わってきた。その残酷な記憶が穏やかな時間の流れの中に溶けていくまでには、果てしなく長い時間を要することだろう。

死者は天空に昇り、無数の星屑《ほしくず》に姿を変えて、遥《はる》か彼方《かなた》の星雲とひとつになっていくものだと私は信じてきた。彼は今、静寂に満ちた宇宙を漂いながら、すべての苦痛から解放され、永遠の安息に身を委ねているのだと思う。

それにしても、さびしい。ただ、ただ、さびしくて、言葉が見つからない。

二〇二〇年二月一九日

梟が鳴く

高原では、今、ツツジの花が満開である。緑に埋め尽くされた木立の中、一斉に咲きほこっている真紅の花は、空中にふわりと拡《ひろ》げられた一枚の緋色《ひいろ》の布のように見える。

隣のお宅の広い敷地の向こう側に、一本の大きなツツジの木が自生している。花盛りの季節、わが家の窓からふと覗《のぞ》けば、新緑の中に緋色のマントを拡げた人間が立っているのかと思って、いつもびっくりさせられる。

毎年、同じびっくりの仕方をして、そのたびに私は夫に「びっくりしちゃった。人かと思ったらツツジだったのよ」と言う。どういうわけか、一年たつとすっかり忘れて、また同じようにびっくりしている。その繰り返しだったのに、今年からはもう、それを口にする相手がいなくなってしまった。

月明かりがきれいな晩など、外に出てみると、梟《ふくろう》の鳴き声が聞こえてくることがある。オスとメスが呼応して森の中で鳴き続けている様子である。オスの声は低く、ほんの少し甘く、透き通っている。

私の耳には「ほーほー」とは聞こえない。もっと複雑な、うまく擬音化できない、森の木霊《こだま》のような声。月の光に満ちた森の奥に、梟の声だけが響きわたる。姿は見えない。羽ばたきの音もしない。なんだか厳かな気分になってくる。

梟の声を聞きつけるたびに、私は夫に知らせた。動物好きの彼はいつも、どれどれ、と言って夜の庭に出てきたものだったが、闘病するようになってからは、そんなこともしなくなった。夜気にあたって風邪をひくことを恐れたからだ。

病気がわかった後のこと。梟の声に気づいた時、部屋の中にいる彼の耳に届くよう、私は窓を少し開けた。風のない晩だった。梟の声は遠く近く、よく聞こえた。明かりを消した室内に青白い月の光が射《さ》し込んで、薄墨色の影を作っていた。萩原朔太郎の詩の世界みたいだった。

夫は元気だったころ、何度か繰り返し、面白いことを言っていた。「おれが死んだ後のおまえのことは想像できる。友達や編集者相手におれの思い出話をしながら、おいおい泣いて、そのわりにはすごい食欲で、ぱくぱく饅頭《まんじゅう》を食ってるんだ。ひとつじゃ足りなくて二つも三つも。おまえは絶対、そうなるやつだから、おれ、自分が死んだ後のおまえのこと、全然心配してない」

その時によっては、「饅頭」が「大福」になることもあれば「煎餅《せんべい》」になることもあった。

先日、ひとりで大きなどら焼きを食べていた時、そのことをふと思い出した。可笑《おか》しくて可笑しくて、ひとしきり笑いながら、気がつくと嗚咽していた。笑いながら嗚咽する、というのは、けっこう腹筋を使うものだということがよくわかった。

百年も千年も

昨晩、久しぶりに夢に母が出てきた。見たこともない小さな家の、狭い畳の部屋のベッドに母が寝ていて、母の隣の枕には父のパジャマが畳んで置かれていた。私が「パパは？」と訊《たず》ねると「まだ帰ってない」と母は眠たい目をしながら答えた。変ね、もう十時半なのに。そう言う私に、母は「そうねえ、変ねえ」とつぶやき、また寝入ってしまった。

なぜ母が夢に出てきたのかはわかっている。昨日の昼間、ふと、毛糸のパンツのことを思い出したからだ。高校時代、或《あ》る冬の朝、母は私に「腰を冷やすのはよくないから、これを穿《は》いて行きなさい」と言って、手編みの赤い毛糸のパンツを押しつけた。私は絶対にいやだ、そんなみっともないもの、恥ずかしくて穿けるわけがない、と言い張った。母は哀しそうな顔をして、せっかく編んだ赤い毛糸のパンツを所在なげに両手で丸めた。私はなんだか、母に対してひどく申し訳ないことをしているような気分にかられ、余計に苛々《いらいら》して、ぶっきらぼうに「行ってきます」と言いながら家を出た。

そんなふうに五十年も昔のことが脳裏をよぎったものだから、母が夢に出てきたのである。それはわかっているのだが、私はその夢を見ながら、どうして夫は夢に現れないのだろう、と思っていた。

死んでから四ヵ月。よっぽど現世が煩わしかったのか。あちらの世界で満足しきっているのか。そういう点では死んだ父も同様で、父もまた、私の夢にはめったに顔を出さない。

私の場合、母は今もなんとなくそばにいてくれる感覚があるのだが、父にはそれがない。夫もまた同じなのだ。あっけらかんと現世と決別した様子なのが、少し悔しくもある。もうちょっと未練というか、感謝というか、気がかりがあってもいいのではないか。さんざん病気で心配させておきながら、もう、全然、そんなことも忘れてるんだ、と思って業腹な気分にもなる。

三十七年間、生活を共にしてきたが、百年も千年も一緒にいたような気がする。

途方もなく長い歳月が、古木に空いた大きな洞《ほら》の中、湿った真綿のごとく積み重ねられている。独りになった私は今、その洞の薄暗がりの中にじっと潜んでいる。

作家同士、ということもあり、烈《はげ》しい議論をしては喧嘩になり、別れる別れないでもめるのはしょっちゅうだった。それでも次の朝には、いつものように並んで朝食を食べているのが不思議だった。

「いい加減、お互い飽きたよな」と彼はたびたび私に言った。そのたびに深くうなずき、「ほんと飽きた」と応えた。そうしながら、ふたりで食後のお茶を飲み、録画しておいた「刑事コロンボ」を観《み》た。これ観るの三度目だよね、内容を忘れてるから何度観ても楽しめる、と笑い合った。

猫たち

大昔の、そのまた昔。私が五歳だったころ。それまで住んでいた東京の社宅から、別の社宅に引っ越すことになった。荷物を積んだ引っ越しトラックに続くべく、私たち家族が乗用車に乗り込もうとした時、不思議な光景が拡がった。家を囲う灰色のブロック塀の上に、大勢の猫がずらりと等間隔に並んで座っていた。近所に住みつき、母が残飯を与えていたノラ猫の一族だった。世話になった礼を述べ、見送ろうとでもするかのように、みんな品よく前脚をそろえていた。果たして猫がそんなことをするだろうか、と今も思うが、まぼろしを見たのではない。現実にあった話である。

年上の女性の友人が、数年前、大きな手術を受けた。術後、病室のベッドのまわりに猫がたくさん集まって、じっと見守り続けてくれた、だから私、助かったのよ、猫のおかげなのよ、という話を後になって聞いた。すべて、かつて彼女が飼っていた猫、餌を与えてきたノラ猫ばかりで、それぞれ名前も覚えていたそうである。術後の幻覚だったのは言うまでもないが、妙に印象に残る話だった。

わが家には、室内飼いの二匹の猫がいる。森に住む、気丈で逞《たくま》しいノラの母猫から生まれた姉妹である。

夫の闘病中、二匹がどんな様子だったのか、よく覚えていない。充分、かまってやれない日々だった。最後の数日、二匹は隠れ潜むように私の書斎でじっとしていた。声ひとつあげなかった。深夜、そっと撫《な》でてやると、細めた目で私を見上げ、声にならない声で、「にゃー」と口を小さく開けた。

その二匹が、いつからか夫の遺《のこ》した介護用ベッドで寝てくれるようになった。これまで寝室で寝ることはなかったのだが、今では彼のベッドが二匹の寝床になっている。

しかもなぜか、お気に入りは夫が使っていた枕。時に奪い合いになって、喧嘩に発展する。

深夜、ふと目ざめれば、隣のベッドで二匹がすやすや眠っているのが目に入る。

一匹は枕の上で。もう一匹は敷いてやった薄手のハーフケットの上で。その向こうに、寝室用に置いた夫の小さな遺影が見える。それらのワンセットに安心し、私は再び眠りに落ちる。

しょっちゅう私は猫たちに話しかける。ただいま、今帰ったよ、今日はちょっと暑いね……。猫たちは律儀《りちぎ》に「にゃー」と応える。

夫がまだ元気だったころ、口喧嘩をしていたら、猫が真剣な顔つきで間に割って入り、私を見上げて「にゃー」、夫を見上げて「にゃー」と大きく鳴いた。互いに思わず笑い出し、休戦を決めた。

六月のよく晴れた日。猫たちと眺める窓の外。鬱蒼《うっそう》と生い茂る樹々のそちこちで、夥《おびただ》しい数のハルゼミが鳴いている。無数の美しい鈴の音のようである。

音楽

　録画しただけで観ていない番組をチェックしてみた。膨大な数にのぼっていたが、中のひとつに新型コロナウイルス肺炎について報道している番組があった。一月半ば過ぎ、深夜に放送された地味な時事番組で、私が録画したものではない。録画日は夫が他界する十日前。まだ、このウイルスが世界を変えてしまうことが、誰にもわかっていなかった時期と重なる。夫は映画好きだったが、小説に役立つからと、ノンフィクション系の番組を録《と》りだめておく癖《ひ》があった。

　それにしても、確実に死が迫っている時に、興味を惹かれる番組を録画した夫の中には、どんな想《おも》いがあったのか。死ぬのはわかっているが、これを再生して観る時間くらいは残されているかもしれない、と思ったのか。こんなことをして何になろう、と思いつつも、習慣に則《のっと》って黙々と録画したのか。

どれほどの苦しみのさなかにあっても、人はふだん通りに生きようとする。これまでと変わらぬ日常を送ろうとする。私も同じだった。夫を見送った後も、起きる時間、食事の時間、寝る時間、すべて変えなかった。長年の習慣は、生きるよすがにもなる。だから彼はあの番組を録画したのか、とも思う。

生前、元気だったころから、いつもBGMとして居間に流しっぱなしにしていた衛星放送のラジオチャンネル。バッハ、クープラン、サン＝サーンス、フォーレなど、安らげるクラシック音楽だけを終日流しているチャンネルで、おれは最期、ここで流される音楽を聴いていたい、と夫は言った。人の声の入っていない、フルートやバイオリン、ピアノの静かな美しい旋律……。

だが、入院が必要になった場合、病院に衛星放送チャンネルがない以上、聴くことはできない。私は親しくしている新潮社の担当編集者Tに相談した。Tは誰よりもクラシック音楽に詳しい。彼はすぐに事の次第を理解し、膨大な数のコレクションの中から該当しそうな曲を選んでダビング。大急ぎでわが家あてに送ってくれた。

一枚目が送られてきた時、夫はまだ、電話で話をすることができた。よく晴れた冬の日の午後だった。彼が寝ているベッド脇の窓からは、やわらかな陽差《ひざ》しが降りそそいでいた。Tの心遣いに深く胸打たれたらしい。彼はTに電話し、声をふりしぼって何度も礼を言った。二枚目もすぐに送ります、とTは約束した。

だが、夫の状態は急速に悪化し始めた。覚めない眠りについたのは、三枚目が届けられた日の翌日だった。

夫の弔いの場では、聴けずに終わった楽曲を流し続けた。深夜、自宅に帰ったTは、音源にしたCDが床に山積みになっているのを目にし、ふいに涙がこみあげてきて止まらなくなった、という。あまり泣かない人間だったはずなのに、と彼は後日、私にもらした。

そろそろ五回目の月命日を迎える。

哀しみがたまる場所

ストレスを点数化したランキング一覧表を見てみた。他を大きく引き離して一位に輝くのは「配偶者、もしくは恋人の死」であった。「家族の病気」というのは四位。今さらながら、この数年の間、自分が相当のストレスに晒《さら》されていたことを改めて思った。

渦中にある時は感じないもので、それゆえ、一切が終わった後の、拭いがたい疲労はまったくもって手にあまる。加えて、死別後のコロナ自粛、という、想像もしなかった事態にも追い込まれた。これまで「孤独」という言葉を幾千回も小説の中で書いてきたはずなのに、「孤独」というものの実態など、何もわかっていなかったと思い知らされた。自作の中で軽々しく、「孤独」を書き綴《つづ》ってきたことのしっぺ返しだろう。

そんな中、慢性的な肩こりが悪化し、治らなくなった。首や背中の痛みも出てきたので整形外科を受診。少しの間、定期的に理学療法を受けることになった。理学療法士は若い女性だった。彼女は私の全身を丹念にチェックし、「ここに」と言って左脇の肋骨《ろっこつ》部分に触れた。「かなりの疲れがたまってますね」彼女は少しためらった後、「東洋医学では」と小声で言い添えた。「……哀しみとか寂しさは、肋骨の奥にたまると言われてます」

広々とした理学療法室では、その時、高齢者の体操教室が行われていた。一、二、三、ハイッ、という、女性トレーナーの元気な掛け声と共に、二十人ほどの高齢者が椅子に座ったまま、円陣を組み、簡単な体操をしている。

車椅子の人もいる。病後なのか、身体が不自由そうな人もいる。全員、必死である。笑顔はない。トレーナーの掛け声が、梅雨の晴れ間の緑を映したガラス窓に跳ね返り、室内に響きわたる。

夫は亡くなる数週間前、私に言った。「年をとったおまえを見たかった。見られないとわかると残念だな」

言われた時は感じなかったが、泣かせることを言ったものだ、と今になって思う。遺影の中の顔は、そこで時が止まったままなのだから永遠に変わらない。今後、私だけが年をとっていくわけで、いずれは息子の遺影に手を合わせていると しか思えない老婆になる時がくるのだろう。時間は否応《いやおう》なしに流れていく。

円陣を組んで体操をしているおじいさん、おばあさんの中に、私は死んだ夫と自分のまぼろしを見たような気がした。老いた夫と老いた私が、にこりともしないで体操をしている。一、二、三、ハイッ、という、妙に健康的で明るい掛け声が気にくわないのだ。二人ともそういう顔をしている。気にくわないことに対する反応は、昔からよく似ていた。

その日、帰宅してから夫の遺影に、理学療法士から聞いた肋骨の話を報告した。何も応えず黙ったままでいるのが気にくわなかった。

作家が二人

十数年前、フランスの女性作家、アニー・エルノーと対談した。夫婦ともに作家で、書斎は別々だが一緒に暮らしている、と話したら、彼女は目を丸くした。ひとつ屋根の下に作家が二人いる、というのは信じられない、と真顔で言われた。夫と出会ったころ、少ないながらも私は物書きとしての収入を得ていた。一方、彼はパリから帰国したばかりの、やさぐれた無職男。フランス語はぺらぺらだったが、大学を中退して渡仏したせいで、住民票は抹消、健康保険もない、というありさまだった。

そんな中、共に住む部屋を探すために都内の不動産屋に行った。途中、夫がトイレに立つと、それを待っていたかのように、不動産屋の男が怖い顔をして私に向き直った。「まだ間に合います。あの人はやめたほうがいい」

〝波乱に富んだ人生〟を不動産屋の男から予言された瞬間である。男は占い師然とした顔つきをして首を横に振り、「嘘《うそ》は言いません。やめたほうがいい」と重々しく繰り返した。ザ・ドリフターズのコントみたいだった。

夫は自宅でフランス語を教えるかたわら、小説を書き続けた。私も負けじと書いた。狭いマンションの部屋で机を向かい合わせに置き、顔が見えないよう中央に厚手の布をたらし、日がな一日、書き続けては、夜になると、バーボンの水割りを飲みつつ小説の話に興じた。

やがて、くだんの不動産屋の男の予言は的中の兆しをみせる。私たちは夫婦で直木賞同時候補、という前代未聞の事態に遭遇した。

一九九六年一月。選考会の日、共に上京し、別々の場所でそれぞれの担当編集者と結果を待った。私の作品が受賞作に決まったという知らせを聞いた時、胸の奥に水色の淡い、哀しい煙のようなものがわきあがってきたことをはっきり覚えている。

記者会見場に向かう前、実家に電話した。両親と共に結果を待ってくれていた妹が電話口に出た。受賞の知らせに歓声をあげた彼女は、「で、彼はどうだったの?」

と低い声で訊《き》いてきた。

だめだった、と私が言うと、妹は声をあげて泣き出した。人生においてもっとも喜ばしい瞬間は、その五年後、彼が受賞するまでお預けになった。

互いに多忙をきわめていた時だったが、京都の北、花脊《はなせ》の里《さと》に取材に行ったことがある。誰もいない小川のほとり。蛍が乱舞し、自生するホタルブクロの花にもぐりこんで、儚《はかな》いランプのように明滅していた。この世のものとは思えない美しさだったのに、その話を夫に教える機会がなかったことをさっき、唐突に思い出した。

話さずじまいになったことは他にもたくさんある。ひとつ屋根の下、作家が二人。互いにしゃべり続け、書き続け、うち一人はひと足早く逝ってしまった。

不思議なこと

長い間、小説を書いていると、時折、不思議なことを経験する。自分が過去に書いた小説の中のワンシーン、もしくは物語の一部と、まったく同じことが現実に起こるのである。頭の中で創り出したに過ぎない想像上の場所、建物とそっくりな光景に遭遇し、気が遠くなりそうになったこともある。

「言霊《ことだま》」とはよく言ったものだ。偶然、と言ってすませるにはあまりにも不可解である。自らが紡いだ言葉が目に見えないところで複雑な化学変化を起こし、ミクロの世界でのわずかな波動を生じさせるのではないか。そのせいで、時間軸がほんの少しねじれる。結果、現実に流れている時間に漣《さざなみ》がたち、予定調和がくずれ、言葉が生んだまぼろしが有機的なものになっていく……のかもしれない。

二〇一四年から一五年にかけて、「モンローが死んだ日」という長編小説を週刊誌に連載した。主人公は還暦近い女性で、夫をがんで亡くしたばかり。子どもはおらず、夫と暮らした木立の奥の家で、二匹の猫と静かに暮らしながら、地元の文学館の管理人の仕事をしている。絶望的な孤独と喪失感。物語は主人公の感情の襞《ひだ》を描写することから始まる。

なぜ、そうした設定にしたのか、と問われても、うまく答えられない。私の場合、自分の生活環境の一部を作品の中に取り込むことはよくあって、この作品だけが特別だったわけではない。

連載中、夫の藤田は元気だった。病気の兆候どころか、その翳りもなかった。それまでと変わらずに、多くの仕事をこなしていた。彼は私の知っている彼のままだった。言わずもがなであるが、執筆中、自分が編み出した物語の一部、もしくはちょっとした描写の数々が、後の我が身に置き換えられようなど、想像もしなかった。

その四年後の春、夫の肺に手のつけられないがんが見つかった。それまで順調に流れていた時間がそこで止まった。それまで知っていた、なじみのある世界が、薄皮一枚を隔てた向こう側に遠ざかっていったような気がした。

昨年の一月、くだんの長編小説がNHK・BSで連続ドラマ化された。闘病中だった夫が、一緒に観ようよと言ってきた。

小説に書いたことが、すでに実際に起こりつつあった。知らないふりをしながら、共にそのドラマを観るのはつらかったが、幸い、彼が気づいた様子はなかった。

小説の中では、主人公はやがて年下の男と静かな恋におちる。その部分だけが、ふわりとした温かな、救いのある夢のようになって私を救ってくれている。自分で書いたものだというのに、おかしな話である。

今日も雨が降り続いている。暗くなるにつれて、外は濃厚な樹液の香りに満ち、むせかえりそうになる。流れ去った時間にむせかえっているようでもある。

夜の爪切り

大正生まれの父は、徹底した無宗教者だった。戒名は絶対不要、仏壇は辛気臭いのでこれまた不要、と常日頃、言っていたので、両親の位牌《いはい》は俗名のままにした。仏壇もそろえていない。

母方は代々函館。母も大陸的気質の持ち主だった。自然崇拝、アニミズムに近い感覚で、形式的なことよりも気持ちのほうを大切にしていた。ふたりの位牌は、我が家の明るい一角に設《しつら》えた祭壇スペースに並べている。生前の名前のままなので、小学生の名札みたいに愛嬌《あいきょう》がある。

まわりには季節の花やらお菓子やら、愛らしい小物類、私の小説作品等々、ちまちまとしたものをいっぱい並べている。そのせいか、そこはいつのまにか、小さなおとぎの国のようになってしまった。ピーター・パンに出てくる妖精、ティンカー・ベルが現れて、今にも銀の粉をふりまき始めそうなほどに。

夫もまた無宗教だった。葬式なんぞいらない、何もしなくていい、遺骨をしばらくの間、おれが好きだったこの家に置いておいてくれればそれでいい、というのが遺言だった。

今、彼の祭壇は、両親のそれと同じことになっている。彼の著作、花や小さなぬいぐるみ、お菓子や果物、いれたての緑茶やコーヒー、可愛い雑貨。あれもこれも、と私が供えるものだから、ここにもまた、そのうちティンカー・ベルが現れてくれることだろう。背中の美しい虹色の羽を羽ばたかせて。

宗教とは無縁でも、夫は縁起担ぎをしたがるところがあった。夜、爪を切ると大切な人の死に目に会えなくなる、と言い、爪切りは必ず昼間の光の中で行《おこな》った。

私はといえば、実生活で縁起を気にするほうではなかった。爪を切るのは決まって夜。切りながら別のことを考えているので、縁起も何もなかった。

だが、私はたしかに大切な相手の死に目には悉《ことごと》く会えなかった。父の時も母の時も、間に合わなかった。愛猫が病気になり、預けていた動物病院で息を引き取った時も。

死ぬことがわかっていた夫だったから、死に目どころか、ずっと傍《そば》にいるはずだったのに、最後は病院に搬送せざるを得なくなった。入院準備をするために、夜になっていったん帰宅した私は、翌朝早く病院から呼び出された。

その朝に限って、信号のたびに引っかかった。途中、何度も病院に電話し、もうすぐです、あと十分くらいです、と絶叫した。

奥さんがもうすぐ着きますよ、と医師たちに励まされていたという夫は、私が病室に飛びこんだ時はもう、息をしていなかった。

どうしてあの冬の朝は、あんなに見事に晴れわたっていたのだろう。まだ温かな夫の亡骸《なきがら》が、なぜあれほど明るい光の中にあったのだろう。そんなことを思い出しながら、今日も私は夜になって爪を切っている。

光と化して

青臭い話だが、私はこの年になっても、なぜ時間は過ぎていくのか、永遠を手に入れることができないのか、ということを考えている。

そんな埒《らち》もないことを考え始めたのは高校時代。当時、片時も離さずにいたノートに、下手くそな詩とも散文ともつかないものを書きちらしていたのだが、そこには「永遠」とか「時間」といった言葉が数多く残っている。無情にも過ぎ去っていく時間をいっときでいいから、ここに引き止めておきたい、という祈りにも似た想いがあったのだ。

時は流れていく。生まれたものは消える。始まったものは終わる。ひとつの例外もない。そうしたことを知ったのは子どものころで、私に限らず、多くの子どもは口には出せないが、誰から教わったわけでもないのに、同じようなことを感じながら育つのだと思う。

私と夫が四十代だったころ、ある雑誌社から「作家の前世占い特集」を組むので、御夫婦で協力してもらえないか、という依頼を受けた。いわば「遊びの企画」だったから気楽だったし、信じる信じないではなく、前世がわかる人がいるのなら会ってみたいと思い、引き受けた。

生まれつき強い霊能力がある、という、そのうら若き、ごくふつうの愛らしい女性は、都内にある雑居ビルの中の一室で、オーラ鑑定を専門に行っていた。彼女は私を見るなり、驚いたような表情を浮かべた。

なんでも私は十万人に一人いるかどうか、というきわめて珍しいオーラの持ち主で、その色は金色、時に金粉をまきちらしているのだという。また、人は死ねば必ず生まれ変わっていく（＝転生）が、私の場合、私が死んで肉体が消滅すれば、転生はせず、空にのぼって「光」になるのだそうだ。あなたはあなたが最後、次がありません、生まれ変わることなく、「光」と化して愛するものたちを守っていくのです……そう言われた。

ちなみに夫のオーラは紫色で、僧侶、哲学者に多いらしく、また彼の、繰り返されてきた転生の中でもっともよく見えてくるのは、アメリカ地方都市の大きな邸《やしき》で働く、小間使の娘（前世では性別はどちらもありになる）。私は南仏プロヴァンスの葡萄《ぶどう》農園で働く男。その男は屈強な身体をもち、家庭的で子煩悩の働き者だったとか。

お遊びの企画だったとはいえ、あの時に言われたことは、深く私の中に刻まれている。死病を宣告された夫を前に、なぜ自分が先に死に、天にのぼって「光」になっていなかったのだろうか、と思った。私の金粉オーラで守るからね、と何度も口にした。彼もそれを受け、私からオーラを浴びるしぐさをし、これで大丈夫だ、と言ってさびしく笑った。

時間は一秒の狂いもなく飛び去っていく。止まってくれない。輪廻《りんね》転生。いずれ私が「光」と化した時、生まれ変わった夫を照らしてやればいいのだが。

降り積もる記憶

コロナ、という単語を耳にしない、目にしない日はなくなった。コロナを抜きにして、現実を語ることは不可能になった。私たちは深い穴の底に潜み、おどおどするようになった。過去と現在は分断された。未来が見えなくなった。ぼんやり観ているテレビ画面に、時折、「この番組は二〇××年×月に放送されたものです」というテロップが流される。映し出されている人々はマスクをしていない。ああ、そうか、と思う。ついこの間まで、当たり前の日常だった風景がそこにある。

私は若いころから、元号ではなく西暦を使ってきた。起こった出来事は、脳内にある年表の中、西暦で記されている。とりわけ夫が病を得てからは、その表はさらに細かく分類されるようになった。

そのため、テレビのテロップに流された数字を目にした瞬間、すべての記憶が一斉に甦《よみがえ》る。この年のこの時期、まだ彼は元気だった、後に起こることを何も知らずに仕事をし、互いに忙しく東京との行き来を続け、どうして私だけが料理を作らなくちゃいけないのよ、と私がぼやけば、おまえは諦めが悪すぎる、と返されてムッとしたり、そうやって相変わらず賑《にぎ》やかに暮らしていた……と。あるいはまた、それが放射線治療を受けていた時期だったこと、照射した部分に紫外線をあてないように、と注意され、夏の午後、彼の運転でつばの広い麦わら帽子を買いに行ったこと、その時、帽子売り場の横にあった安物のアクセサリーコーナーで、私が九百八十円のイヤリングを買ったことなど、つまらないことばかり思い出されてくる。

記憶は棄《す》てることができない。棄てたつもりでいても、ひょいと顔を覗かせる。私のように、死別とコロナを同時に味わった人はたくさんいることだろう。未知の疫病が、突然、世界を変容させてしまったことと、死別による個人的な深い喪失体験。その二つが重なって、目の前に広がる風景は色を失う。何かによって強引に引き裂かれ、取り残されたような感覚。穏やかに過ぎたはずの時間には亀裂が入り、そこに記憶のかけらが飽きず雪のごとく降り積もっていく。

先日、玄関先に置いたままにしていた夫の靴を棄てた。黒いフェイク・スエードのスリッポン。洒落《しゃれ》っ気はないが着脱しやすい靴だった。彼は気に入って、通院の際、いつもそれを履いていた。

長雨が続いたせいで、靴にはうっすら黴《かび》が生え出していた。今もまだ家にいるように感じたくて、ずっと玄関に置いておこうと決めたのに、黴の生えた靴は哀れだった。

麦わら帽子を買った時、彼が首にまいていたカナリア色の薄いマフラーで靴をくるんだ。燃えないゴミ用の袋に収め、「よく頑張ったね」と囁《ささや》いてから、庭に咲く山あじさいの花を一輪、手向けた。近くの樹《き》ではヒグラシが鳴いていた。

最後の晩餐

先日、ふと、夫がこの世の最後に食べたものは何だったろうと考えた。いったん記憶の糸口が見つかると、何もかもが鮮やかに甦ってきて胸が詰まった。息を引き取る三日前。朝、ベッドに寝たまま、彼がリモコンでテレビをつけた。CMだったか、食の番組だったのかは忘れたが、たまたまステーキの映像が流れたのを観て、「肉が食いたいな」とつぶやいた。ステーキがいい、と言う。

食欲がない、ということがなかった男なのに、そのころはもう、食べることが苦痛になっていた。食べ物のリクエストを受けたのは久しぶりだった。

その晩、張り切って肉を焼いた。塩胡椒《こしょう》し、オリーブオイルにバターをまぜて焼いたサーロインステーキ。といっても、ほんの少量。四〇グラムほどだったか。付け合わせはマッシュポテト少しと、蒸して細かく切った人参《にんじん》。炊きたてのごははんを碗《わん》に半分。海苔《のり》の佃煮《つくだに》を添え、冷たい水と共にトレーに載せて、ベッドサイドのテーブルに運んだ。

ごはんも付け合わせの野菜も、つついた程度で大半を残したが、ステーキだけは完食した。「よく食べたね」と私がほめると、「うまかった」と彼は満足げに言った。

翌日からほとんど何も食べられなくなった。あの晩の、ママゴトのような小さなサーロインステーキが、彼の「最後の晩餐《ばんさん》」だった。

晩年、施設で暮らし、最後は病院で眠りについた父と母の「最後の晩餐」は何だったろう、と思い返してみる。父は胃ろうをつけたまま息を引き取った。だから最後に口にしたものはどうしても思い出せない。

胃ろうをつけていても、練習すればアイスクリームくらい平気で食べられるようになる、と主治医から言われた。父はその日がくるのを楽しみにしていた。

最晩年、病院で点滴を受けながら生き続けていた母は、意識がはっきりしている時、プリンを食べてくれた。だから、最後に食べたのも、私と妹が買って行ったプリンだったと思う。呑《の》み込み方が悪いと誤嚥《ごえん》するからね、気をつけてよ、とうるさく言う私たちを不機嫌そうに一瞥《いちべつ》した母の、きりりとした目つきを思い出す。若いころ、母がちょっと意地悪な顔をしてみせた時の目つきだった。

夏の日盛りの中、病院から出て、妹と並んでパラソルをさしながら、油蟬《あぶらぜみ》が鳴き狂う木立の下を歩いた。暑い夏だった。あとどのくらいか、という話はしなかった。わかっていたのは、次の夏はもう、自分たちはここには来ない、ということだけだった。

夫の新盆らしいことは何もしなかったが、毎晩、祭壇に手作りのものを小皿に取り分けて手向けた。トウモロコシの炊き込みごはん。小さく切った鰻《うなぎ》にキュウリやミョウガをまぶした酢の物。エビの塩焼きレモン添え……。

庭では早くもアキアカネが飛び交っている。高原の夏は短い。

猫のしっぽ

子どもは時に、親に向かって面白い質問をする。或る女性編集者は、八つになる娘から、「死んで天国に行って、こんなことがあったよ、と神様と楽しくおしゃべりする道と、小鳥になって生きる道があるとしたら、どっちを選ぶ?」と訊かれた。

八歳の女の子が「死」をとらえ、感じ、考え、想像の翼を広げていく。「死」は漠然としたかたちで、子どもの心の中にも早くから陰影を落とす。だが、無垢《むく》な想像力が、その翳りから子ども自身を救っていくのだ。

くだんの女の子は大の猫好き。家でも猫を飼っており、「生まれ変わったら、猫のしっぽがほしい」という名言を吐いた。今現在、ほしいのではない。生まれ変わったら、という想像力の妙。輪廻転生ではないが、生まれ変わり、という発想がすでに芽生えていて、しかもそれが「猫のしっぽ」に象徴されていることに深く感動した。

三十年近く前。捨てられたのか、自ら森に迷い込んだのか、大きな茶トラの雄猫が我が家に出入りし始めた。太くて長い、立派なしっぽをもつ猫だった。当時、東京から連れてきた愛猫は完全室内飼いにしていたし、彼女のしっぽは生まれつき鉤《かぎ》状に曲がっていた。外暮らしができる、長いしっぽの猫は初めてで新鮮だった。

誰もいない森の中を私は彼と一緒によく散歩した。どこまでも忠実な犬のように並んで歩いてくれた。ぴんと立った彼のしっぽは、いつも私の指先にあったから、それを軽く握るのが癖になった。猫に連れられて歩く森。彼は道先案内人で、猫に導かれて森の奥深くに分け入っていく、というイメージが快かった。

もし私が死んだら、こうやってあんたのしっぽを握るから、気持ちのいいところに連れてってね、と猫に話しかけた。その想像は私の中で、長らく温かなものとして生き続けた。

だが、或る年の秋、意気揚々と外に出かけていった彼は、二度と帰ることがなかった。私の手からしっぽが失われた。

夫が死んだ時、ふと、彼のことを思い出した。あの威風堂々とした、太いしっぽをもった猫がいてくれたら、と思った。

道先案内人としての一匹の茶トラの猫が、夫に寄り添って歩いている。夫は片手で猫のしっぽを握りながら、霧にまかれた地平の彼方……死者を迎え入れてくれる神秘の場所を目ざしている。

トラ、と名付けた猫だった。稀代《きたい》の名ハンターで、ヤマネやリス、キジバトまでくわえて帰り、そのたびにあたりに私の絶叫が轟《とどろ》いた。

夫は雄である彼のことを格別、可愛がった。なあ、トラ、男同士にしかわからないことがあるよなぁ、などと話しかけていた。

トラに付き添われ、そのしっぽを握りながら、森の中、何やら楽しげに歩き去って行く夫のまぼろしが目に浮かぶ。私も猫のしっぽがほしい。

生命あるものたち

まだ有人宇宙飛行が達成されていなかった一九五七年、ソ連はスプートニク2号に犬を乗せ、地球軌道を周回させることに成功した。犬は、ライカ、という名だった。

ライカのことは少しあとになって、両親から教えられた。以後、私の中では、ロケットに乗せられ、漆黒の宇宙を漂った一匹の犬の姿が、まるで見てきたもののように消えなくなった。おそろしい静寂の中、青い地球を見つめていた犬の孤独を想像すると、いたたまれなかった。

夫も私と似たような感受性を持っていた。私たちは動物のかわいそうなエピソードを扱った映画やドラマは、極力観ないようにしていた。互いに涙ぐんでいることを悟られまいとして、変なところで笑ったり、余計な感想をもらしたり、不自然な態度をとらねばならなくなるからだった。

とはいえ、住まいが森の中にある以上、自然界の残酷な現実を目にしないわけにはいかない。庭の樹の、高い枝に掛けてやった巣箱でシジュウカラが雛《ひな》を孵《かえ》し、あと少しで巣立ちの時を迎えようという時になって、シマヘビが現れたことがある。蛇は雛を丸呑みにし、ツチノコのように腹をふくらませながら去って行った。

冬になると、氷点下の凍りついた道を毎晩、見事な毛並みの美しいキツネが何匹か通って来る。豆まきをした時の豆を食べに来たのがきっかけだった。その番《つが》いになったようで、仲良く胡桃《くるみ》を食べに来ていたのが、いつのまにか雌だけになった。忘れたころに現れた片割れは、後ろの足が一本、失われていた。彼を見たのはそれが最後になった。

その一方で、新しい生命は毎年、変わらずに誕生し続ける。夫が末期の肺がんを宣告された年とその翌年、我が家の敷地内ではキセキレイが相次いであちこちに営巣し、計十八羽の雛が無事に巣立っていった。こんなにたくさんの生命が誕生したのだから、きっと夫には奇跡が起こる、と思ったものだった。

だが、今年、野鳥たちは巣を作らなかった。冬毛のキツネも、タヌキの夫婦も現れなかった。うちの猫の餌の残りを食べに来ていた白黒の野良猫や、すばしこいテンも、ぱたりと姿を見せなくなった。動物たちが夫の死を知り、静まりかえっているかのようだった。

昨日、久しぶりに庭に猿の家族が現れた。我が家は、山から山へと渡り歩く習性がある彼らの通り道になっている。とはいえ、糞《ふん》を落とされたりするので、ふだんは追い返すのだが、昨日はどうしてもそれができなかった。

七頭ほどいた一群の中に、足を一本、失っている猿がいたからだ。まだ若い猿だった。夫が生きていたら、二人で沈鬱《ちんうつ》な気分になっていただろう、と思いつつ、私は三本足の猿が意外なほど元気よく、秋めいた陽差しの中、樹から樹へと飛び移っていくのを見送った。

喪《うしな》うということ

伴侶に先立たれる、というのは、等しく巡ってくる人生の共通イベントである。ふたりが同時に死を迎える確率はきわめて低い。宝くじにあたるようなもの、と言った人がいるが、言い得て妙だと思う。どちらが先かは誰にもわからず、ある程度の年齢になれば、自然の摂理として受け止めるしかなくなるのだろう。

とはいうものの、ついこの間まで、毎日、並んでごはんを食べていた相手、肩が凝る、腰が痛い、と言っては互いに湿布薬を貼り合っていた相手、片方が度忘れした俳優や古い編集者の名前、小説や映画のタイトルは、不思議なことに、もう片方も度忘れして思い出せなくなるのが常で、毎回毎回、それが可笑しくて笑いころげ、どっちが先に認知症になるか、と冗談を飛ばしていた相手……の姿が見えなくなり、芸能人や政治家の悪口を言い合う愉《たの》しみも失われ、森閑とした部屋の食卓に向かって、独りでテレビを観ながら食事をしていると、時に黒雲のように湧き上がってくる喪失感に打ちのめされそうになる。

死んでから、七ヵ月。まだそんなものかと思いつつ、そろそろ独りに慣れ始めてもいい頃合いだ、と自分に言い聞かせる。

作家同士だったからか、ひとたび論争になれば、互いに言葉では負けなかった。どちらがより論理的だったかはわからないし、似たりよったりだったようにも思うが、少なくとも夫のほうがしつこかった。言いたいことを言ってしまうと、どうでもよくなる私と違い、とことん理詰めで容赦がなかった。

かつて、夫から投げつけられた理不尽で腹立たしい言葉をあれこれ思い出そうと試みる。あんなことも言われた、こんなことも、と次から次へと「黒い記憶」はふくらんでいく。喪失の哀しみの、ゆらゆらと揺れていた淡く優しい輪郭が、何か尖《とが》った鋭利なものに変わっていくような手応えを覚える。しめた、これで現実が戻ってくる、元気になれる、と心強く思うのだが、それはちっとも長続きしない。

長く共に暮らし、血管が切れそうになるほど腹を立てたことは数知れずあったのに、今となれば、愉しかったこと、面白かったこと、共有してきた日常のささやかな習慣の記憶の数々のほうが遥《はる》かにそれを凌駕《りょうが》している。ルービックキューブを手際よく回していき、あと少しで完成、という段になって、最後のところだけが、どうしてもうまく「カチリ」と嵌《は》まらない。たとえて言えば、そんな気分か。

九月に入って、少しずつ日が短くなってきた。はたと気づけば、窓の外が日暮れている。

生と死は、広大無辺の銀河の中の、ほんの小さな点にすぎない。大げさに考えなさんな。心の中でそう唱えながら、私はカーテンを閉め、外灯をつけ、今日も猫たちと自分のための食事の支度にとりかかる。

あの日のカップラーメン

遅い朝食を食べながら、ぼんやり観ていたテレビで、七十歳のデニム姿の男性が街頭インタビューを受けていた。あなたの人生で一番の波乱は何でしたか、といったような質問だったと思う。

十八年前に妻と死に別れたこと、と彼は答えた。妻が遺した料理のレシピを一から覚え、試行錯誤して作り、食べ続け、十八年たってやっと元気を取り戻すことができたのだという。私は思わず背筋を伸ばし、感嘆した。独り身になった男性が、膨大な歳月を喪失感と共に生き抜いて、元気で古希を迎えるのは生やさしいことではなかっただろう。

一般的に妻に先立たれた男性は、夫を失った女性よりも塞ぎこみ、自暴自棄になる傾向が強いと言われる。夫婦はもともと互いに依存し合う関係にあるから、片方がいなくなれば、残されたほうは、しばらくの間、途方にくれる。手を伸ばしても、寄りかかることのできた相手はおらず、目の前に拡がるのは、出口の見えない、茫々《ぼうぼう》とした虚無ばかり。

それでも人は、生命をつないでいくために食べ物を口にする。死ぬほどの寂寥《せきりょう》感に包まれていても、食べることを忘れない。それは、人間のもつ尊い本能かもしれない。

夫が、死に向かうジェットコースターに乗ったことがはっきりしたころ。二人で東京の病院に行き、主治医と話し、新幹線に乗って自宅に帰って来た。昼もろくに食べていなかったが、夕食時だったというのに、私は食事の支度をする気になれず、夫は何も食べたくない、と言い、居間のソファに倒れるように横になった。テレビもつけず、音楽も流さず、室内は静まり返っていた。

寒い日の晩だった。ストーブの上で、やかんが湯気をあげていた。ふと空腹を覚えた。私は自分のために台所からカップラーメンを持ってきて、やかんの湯を注いだ。

あと何日生きられるんだろう、と夫がふいに沈黙を破って言った。ソファに仰向けになったままの姿勢だった。「……もう手だてがなくなっちゃったな」

私は黙っていた。黙ったまま、目をふせて、湯気のたつカップラーメンをすすり続けた。

この人はもうじき死ぬんだ、もう助からないんだ、と思うと、気が狂いそうだった。箸を置き、鼻水をすすり、手を伸ばして彼の肩や腕をそっと撫《な》で続けた。

今もたまに、その時のことを思い出す。いくらなんでも、あんまりだったな、と思う。ふつうはあんな時にカップラーメンなんぞ、食べないだろう。泣きながら、絶望しながら、ずるずる音をたてて麺をすすったりしないだろう。

秋の気配が濃くなってきた。庭に群れ咲いたアザミの花に、丸々とした熊ん蜂やシジュウカラが蜜を吸いにやって来る。遠くの樹で油蟬が一匹、少し侘《わび》しげに鳴いている。

金木犀

金木犀《きんもくせい》の花が咲く季節が近づいてきたせいか。作家になる前の、若く元気だったころの夫のことが甦る。

三十七年前。共に暮らし始めて間もないころ。ある朝、彼が照れくさそうに「おれが書いた小説を読んで、正直な感想を言ってほしいんだけど」と言ってきた。パリ在住だった時に書いた短い小説がある、という話は聞いていた。そのころの彼は、いくつかの雑誌でエッセーを書いてはいたが、小説は発表していなかった。私とて新人同様だったが、素人に毛の生えた程度のことは言えるだろう、と思って引き受けた。

彼は、読み終えた感想を聞くまで別の場所で待っている、と言った。もともと「ごっこ」のようなことをするのが好きな男だった。私たちは時間を決め、近所にあったホテルの喫茶室で待ち合わせることにした。

原稿用紙で三十枚ほどの短い作品だった。私は自宅で姿勢を正してそれを読み、待ち合わせの場所に急いだ。コーヒーを前にして待っていた夫が、作ったような笑顔をみせた。彼は可笑《おか》しくなるほど緊張していた。

「とってもよかった」と私は言った。その理由も述べた。お世辞でもなんでもない、正直な感想だった。嫉妬に狂うほどの作品、もしくは、あまりに酷《ひど》くて呆《あき》れるような作品だったらどうしよう、と思っていたが、いずれでもなかったことが嬉《うれ》しかった。そのことも隠さずに伝えた。

夫は深く安堵《あんど》した様子だった。私たちは天井の高い、明るい喫茶室でコーヒーを飲みながら、互いがこれから書きたいと思っている小説の話を続け、ケーキを食べた。いくらでも自宅で話せることだったのに、気取って外で待ち合わせ、新人作家と編集者のようにして会ったことが面白く、新鮮だった。

ホテルを出ると、あたりには秋の午後の長い陽差《さ》しが射していた。散歩気分になり、肩を並べてのんびり歩いた。どこからか金木犀の香りが漂ってきた。

橙《だいだい》色の小さな花をつけた金木犀は、香りが感じられてもどこにあるのか、すぐにはわからない。さほど大きな樹ではないから、民家の塀や立ち木の向こうに隠れてしまう。風に乗って流れてくる甘い香りが、束《つか》の間、ふわりと鼻腔《びこう》をくすぐっていくだけ。

その時も同じだった。あたりを見まわしてみたのだが、金木犀の樹を見つけることはできなかった。甘ったるい香りだけが、いつまでもあとをつけてきた。幸福な秋のひとときだった。

夫が発病する前々年、地元のホームセンターで金木犀の鉢植えが売られているのを見つけた。平均気温の低い森の中ではなかなか育たないとわかっていたが、買い求め、庭の日当たりのいい場所に置き、冬場は室内に移して大切に管理した。小さな金木犀は一度も花をつけないまま、夫の死後、鉢の中で静かに枯れていった。

それぞれの哀しみ

喪失のかたちは百人百様である。相手との関係性、互いの間を流れた時間、哀しみの有り様もふくめて、どれひとつとして同じものがない。喪失はきわめて個人的な体験なのだ。他の誰とも真に共有することはできない。

夫を見送ってからずっと、私は自分にそう言い聞かせてきた。そのために生じた孤独は大きく、コロナの自粛時期と重なって、さすがに厳しいと思うことも多々あった。だが、子どものように地団駄《じだんだ》ふんで泣き叫んだところで、死者は甦らない。過ぎた時間も戻らない。致し方なかった。

夫の生命が尽きてから、約二十日後、長らく夫婦同士の交流があったMさんの妻が急逝した。がんだった。病名がわかった時はすでに遅く、彼女は自宅でMさんや息子たちに囲まれながら、息を引き取った。

昨年十月、台風一過の、よく晴れた日の午後だったが、私たち夫婦は、街角でM夫妻と偶然ばったり行き合った。夫妻に夫の病のことは打ち明けていなかったので、私たちはごくふつうの世間話を交わした。それから四ヵ月もたたないうちに、四人のうち二人が相次いでみまかったとは、今も信じられない。

Mさんは報道で夫の死を知り、すでに死の床についていた夫人に報告した。夫人は一言、「真理子さんが心配」とつぶやいたという。そのエピソードは、夫人の死を知らせるMさんからの手紙の中に書かれてあった。私は泣きくずれた。

Mさん夫妻は団塊の世代。森を散策し、高原の樹木や花、野生の小動物を観察することをこよなく愛する夫婦だった。Mさんが定年退職してからは、それまで住んでいた家はそのままにし、今私が暮らしている町に部屋を借りて、ほとんどの時間を共にこちらで過ごすようになった。

夫妻の仲睦《むつ》まじさは、私の知る限り、他に類をみないものだった。二人は決して離れない番いの鳩《はと》のように、いかなる時も一緒だった。

Mさんは後日、電話で私に亡き妻の話をしながら、幾度も男泣きに泣いた。息子や嫁の前では決して涙を見せないが、独りになると声をあげて泣いている、いつまでこの哀しみと共に生きていかねばならないのでしょう、としゃくり上げた。

死別を経験した直後の者同士だからこそ、涙の理由も身体を半分もぎ取られたような痛みの数々も、説明抜きで理解し合える。

今、Mさんは、一眼レフのカメラを手に、かつて妻と巡った森や渓流沿いの道を散策するのを日課にしている。夫妻は、動物がねぐらにしそうな樹の洞《ほら》を探し出しては、ムササビが顔を覗《のぞ》かせた瞬間を撮影するのを愉しみにしていた。

秋の気配に満ちた森の樹の、湿った洞の暗がりの中に、もうムササビはいないかもしれない。ムササビの代わりに、そこにはMさんが亡き妻と過ごしてきた膨大な時間が、優しい音をたてながら絶え間なく流れているように思う。

Without You

小学一年生の時、父がピアノを買ってくれた。女の子にはピアノ、男の子にはバイオリンを習わせるのが流行した時代だった。

すぐにピアノを習いに行き始めた。指は少しずつ動くようになっていって、今となっては信じられないことだが、小学校時代の私は、ピアニストになりたいという夢を抱いていた。

だが、中学、高校と進むにつれて、心境に著しい変化が生じた。本を読み、詩や散文を書いているほうが楽しくなった。全国に大学紛争の嵐が拡がり、時代は政治の季節に突入していた。転勤先の仙台にいた親もとから離れ、東京の大学に進学し、四畳半のアパート暮らしを始めた私は、気づけばピアノとはまるで無縁になっていた。

だが時は巡る。知らぬ間に昔に返っていく。五十代も半ばを過ぎたころ、ひょんなことで百年前のフランス製のグランドピアノと出会った。今さらと思わないでもなかったが、再びピアノのある生活がしたくなった。その佇《たたず》まいの美しさにも一目惚《ぼ》れし、迷うことなく、持ち主だったピアニストの女性から購入した。ほとんど動かなくなっている指に愕然《がくぜん》としながらも、子どものころを思い出して当時の楽譜を取り寄せた。つっかえながらも楽しく練習し、そのつど時を忘れた。

夫は子どものころ、バイオリンではなくフルートを習っていた。ギターが弾けたし、歌もうまく、音楽には詳しかったが、本物のピアノを弾くのは初めてだった。楽譜は読めず、指は動かず、鍵盤を叩《たた》くだけだったのに、多少の才能はあったのだろう、そのうちコード（和音）を駆使し、自己流でメロディーラインを奏でることができるようになった。

彼が弾くのは懐かしいポップスや歌謡曲、シャンソンなど、私たちの世代の思春期に流行《はや》った曲ばかり。「歌伴《うたばん》（歌の伴奏）」として弾いては、私や編集者に歌わせたり、自分で歌ったりしていた。ピアノを弾くことがこんなに楽しいとは知らなかった、と感嘆する彼は、私が生涯で最高の買い物をした、とほめてくれた。

昨年の暮れ、キッチンで夕食の支度をしていると、珍しく彼がピアノを弾き始める気配があった。がんの再発がわかってから、ほとんど弾くことがなくなっていたので、私はふと手を止め、耳をすました。

一九七一年に大ヒットしたニルソンの名曲「Without You」が、力のない歌声と共に聞こえてきた。うまく弾けるという理由で、ここ数年、彼の十八番になっていた曲だ。

「君なしでは生きていけない……」

いつもの得意曲を弾いて歌っただけのことなのに、出来すぎた芝居の演出のように感じられた。彼の歌とピアノ演奏を聴いたのは、それが最後になった。

先人たち

苦しみを抱えている人のカウンセリングをする際、大切なのは、相手の話を「傾聴」し、「共感」することだと言われている。話を途中で遮って自説を述べたり、よくある励ましの言葉をかけたりするのは逆効果。深い気鬱《きうつ》に襲われている人に、むやみと明るく「がんばって」と言ったところで、事はそれほど単純ではない。

昔の私は犬が好きで、猫のよさがわからなかった。そんな私相手に、愛猫を亡くしたばかりの友人が、哀しみを切々と語り、涙を流し続けた。猫ではなく、犬だったら、もっと理解できるのに、と残念に思いながら、早く元気になって、などと言っている愚かな自分がいた。

私の両親が健在だったころ。親の介護でやつれ、苦しんでいる人の話を聞いた。眉をひそめて相槌《あいづち》を打ちながらも、本当には理解できていない自分がいた。

人の心は何と傲慢《ごうまん》なことか。同じ経験をして、初めて真に理解する。時にはそれが、何十年も後のことになったりする。時を隔ててやっと知ることになった感覚にうろたえながらも、先人たちが語った言葉が次々と思い出されてくる。長く生きた者同士、哀しみをはさんだ連帯が成立する瞬間である。

とはいえ、「がんばって」といった種類のフレーズも、必死の想《おも》いでかけた言葉には違いなく、そこに悪気などあろうはずもない。なんとか励まそうとしてくれているのだから、言われた側もありがたく受け入れているふりをするようになる。

夫が死んで、少し時間がたったころから、「もう泣かなくなったでしょう？」としばしば訊《き》かれるようになった。そんなことはない、全然ダメ、と答えると「だめじゃない。早く元気出さなきゃ」とハッパをかけられる。「藤田さんが哀しむじゃないの」と言われる。

愛想よくうなずき返しながら、私はすぐに話題を変える。いつまでもその話を続けていたくない。言葉にならない気持ちを理解されたいと願えば願うほど、真の理解は得られず、哀しみが深まっていくことはよくわかっている。だから何事もなかったようにふるまう。笑ってみせる。楽しい話を始める。先人たちも、みんなそうやって生きてきたのだと思う。

だが、猫にだけはしょっちゅう心の内を明かす。眠っている彼女たちを起こし、頰《ほお》ずりをし、去年の今ごろは台風で五日間も停電して大変だったね、暗い中でランタン灯《とも》して、横になったまんまの彼と小説の話をしてたね、あのころはまだ食欲旺盛だったよね、いなくなったのが信じられないね、出かけてるだけみたいな感じがするよね、などと話しかける。猫たちは半眼のまま、少し面倒くさそうにごろごろと喉《のど》を鳴らしてくれる。

気温が下がってきて、森の樹々がどんどん色づき始めた。この季節、いつも夫と二人、仕事の合間に落ち葉掃きをした。今年からは一人。すっかり高くなった空に、優しい鰯雲《いわしぐも》が拡がっている。

亡き人の書斎

東京からこの地に越してきて、三十年になる。地方移住に踏み切った理由はひとつしかない。二人分の蔵書を都内の手狭なマンションに収めきれなくなったからである。

新居に運びこんだ本は当時で約一万冊。引っ越し用の四トントラックは、ほとんどが本や資料的価値のある雑誌で占められていた。

それ以後、処分したり寄贈したりを繰り返しながらも、新たに買い足すものだから、本は増える一方。それぞれの書斎の書棚に並べるのは、自分が溺愛《できあい》している本、執筆中の作品の資料として必要な本が中心で、それ以外の「共有物」は書庫に、といった決まり事のようなものも自然に出来上がっていった。

夫亡き後、同じ敷地内にある彼の仕事場は、何ひとつ手をつけず、そのままにしてある。私が中に入るのは月初め。室内のカレンダーをめくり、何か異変がないかと確認する。トイレや水回りの水を流し、気づいた埃《ほこり》を取り除き、季節のいい時は少し窓を開けて換気する。それだけのことをするのに十分もかからない。すぐに引き返し、歩いて数歩の、隣の自宅に戻ってもよさそうなものである。余計なことを考えずに早くここから出たほうがいい、とわかっているのだが、ついつい離れがたくなって、気づけば、音のしない夫の書斎に佇んでいる。いくらカレンダーをめくって新しい月のものに替えても、ここではもう、時間は止まっているのだな、と思う。夫が果てしなく長い歳月を過ごしたお気に入りの書斎が、氷柱《つらら》に閉じこめられた懐かしい面影のようになって、変わらずにそこにあるだけだ。

私は無音の中、書棚の本の背を飽きず眺め続ける。夥《おびただ》しい数だというのに、そのほとんどに淡くかすかな記憶が残されている。古書店で探しまわったもの、出版社や親しい作家から送られてきたもの、渋谷パルコの書店、東京駅前の八重洲ブックセンターで買ったもの、彼が私の書斎から持ち出して、返し忘れたまま自分の書棚に並べているもの……。

　書斎机の上には、パソコンが数台。細々とした文房具や取材旅行で買ってきた小物、何かの記念品、猫たちの写真、予定が何も書きこまれていない今年のカレンダー、そして、壁いちめんを埋め尽くす本……。まるで飛行機のコックピットのような部屋である。

　亡くなる一週間前、小雨の降りしきる寒い日だったが、なんとかして自分の仕事場に行きたい、と言い出した。しかし、いくら自宅の隣に建つ家とはいえ、彼はほとんど歩けなくなっていたから、往復するのに人の助けが必要だった。

　地元で親しくしている電器店のOさんが駆けつけてくれた。夫はOさんにおんぶしてもらって、コックピット然とした書斎のある仕事場に別れを告げに行った。Oさんの背中で「見納めだな」とつぶやいた彼は、私たちの涙をよそに、最後の願いが叶《かな》ったとばかり、たいそう満足げだった。

蜜のような記憶

母に父の死を報告した時のことが思い出されてくる。私が持って行ったキンツバをむしゃむしゃ食べていた母はひと言、「あら、そう。早かったわねえ」と言った。長閑《のどか》な口調だった。

母は認知症が進み、その前の年から、父と同じ施設の別の部屋で暮らしていた。いろいろなことを忘れても、母の中では、父の浮気の記憶だけがいつまでも鮮やかに残されていたようだ。廊下で車椅子の父とばったり会った時など、急に不機嫌になったり、妙にはしゃいで父のうすくなった頭をぽんぽん叩いたりした。そのたびに私と妹は、ママはパパのこと好きだったんだよね、愛されていたかったんだよね、と言い合った。

父の通夜で遺族席に座った母は、妹が貸してやった喪服がきつくて苦しい、と文句を言い、住職のお経が長い、もう帰りたい、と駄々をこねて私たちを困らせた。柩《ひつぎ》の中の父と最後の別れをしてもらおうと思っていたのだが、それもできずじまいになった。

父の死後、母の部屋のチェストの上に飾った父の小さな遺影が、裏返しにされていることが何度かあった。理由を訊《たず》ねた私に、母は「変ねえ、どうしてかしら」ととぼけた。

母が父の死をどのように受け止めていたのか、私にもわからない。父が死んだ、もういない、という事実がどの程度、母の感情を揺さぶったのか。そんなことはどうでもよくなっていたのか。さらに言えば、死そのものが理解できなくなっていたのか。

だが、これだけは言える。母の脳がどのようになろうとも、刻まれた父との記憶の数々は決して消えなかったはずだ。幸福も不幸も、その境界線がわからなくなるほど溶け合い、とろりとした蜜のようになっていたのだろう。それが寄せては返す波のように、母の中で甦ったり消えたりを繰り返していたのだろう。

両親の結婚生活は、約六十五年にわたった。到底及ばないながらも、三十七年間、連れ添った夫との記憶は、連日、映画のワンシーン、もしくはワンカットのようになって再生されてくる。ふと目にしたもの、耳にした言葉や音をきっかけに、気づけば時系列など何もなく、いいことも悪いことも、ただ漫然とあふれてくる水のようになって甦り、私はその中を泳いでいる。

いつだったか、友人の医師が面白いことを言った。夫の死後、私の中に「真理子劇場」が設立されたのではないか、と。観客は私だけ。舞台の上の演者も私だけ。毎日毎日、私は舞台の上で、ある日ある時の記憶を再現させ、観客席では私自身がそれを眺めては、泣いたり笑ったり、怒ったりしている、という。飽きるまで続ければいい、と言われた。

先日、夫の冬物の中から、私も着られるようなカーディガンとセーターを見つけ出し、においを嗅いでみた。「劇場」ではにおいも再現されるらしい。少し酸っぱいような、夫のにおいがした。

三島と太宰

古今東西の小説には、多かれ少なかれ恋愛が描かれている。恋愛の要素がひとつもない作品を探すのは難しい。私たち夫婦も、時がたつにつれて次第に作風が微妙に変わり、気づけば二人とも「恋愛小説」と呼ばれるジャンルの作品を書くようになっていた。

恋愛を描けば、当然、エロティックな場面も書くことになる。互いの作品を読んで、嫉妬することはないのか、と大まじめに訊かれたことも何度かある。俳優の夫婦は、それぞれが出演した映画やドラマでのラブシーンにいちいち嫉妬しない。同様に、私たちも互いが書く性愛や恋愛心理に目くじらをたて、下世話な猜疑心《さいぎしん》を働かせることは皆無であった。「書く」ことの苦しみと、そこに向から真摯《しんし》な姿勢を知る者同士なら当然である。

三十七年前、共に暮らし始めた時、それまで互いが読んできた本をひとつの部屋の書棚に作家別に並べた。私たちは共に三島由紀夫が好きだったのだが、それぞれが所有していた三島作品を合わせてみると、重複するものが一冊もないことがわかって驚いた。

愛読してきた三島由紀夫でも、微妙に好みが異なっていたらしい。おかげで二人合わせて、かなりの数の三島作品を揃《そろ》えることができた。後年、全集を手に入れるまでは、互いが持ち寄った三島作品が、私たちにとってのささやかな「三島全集」だった。

三島が自決し、五十年の歳月が流れた。五十年前、私は仙台で暮らす高校三年生だった。十一月の、よく晴れた小春日和の日。寝坊して学校をサボり、母と共に日当たりのいい茶の間の炬燵《こたつ》に入って、テレビを観《み》ていた。一報を知った時の衝撃は今も忘れない。炬燵の上には蜜柑《みかん》を盛った籠があり、そこに晩秋の日の光が長く射し込んでいた。

夫とはよく三島由紀夫の話をした。三島の小説や評論、三島という作家について語っている時だけは、意見の相違は生まれず、何から何まで気が合って、議論に発展することはなかった。

だが、病を得てから、夫は三島よりも太宰治の話を好んでするようになった。三島が太宰治を嫌っていたのは有名な話だが、夫にとっては無関係だったろう。かたちは違えど、三島も太宰も死に向かって書き続けた作家だった。死が近づいた夫は、行動することを美徳とした三島よりも、薄闇の中で蜉蝣《かげろう》のように生きた太宰の心情のほうに、より強い共感を覚えたのかもしれない。

昨日は天気がよかったので、車で四十分ほどの距離にある隣町の、銀杏《いちょう》の巨木がある寺を散策してきた。見事なレモン色と化した銀杏が、雲ひとつない青空に屹立《きつりつ》していた。帰路、和菓子屋に寄って黄身しぐれを幾つか買い、月見団子の代わりに夫の祭壇に供えた。中のひとつを齧《かじ》りながら、窓越しに美しい満月を眺めた。晩秋の夜空はどこまでも高く、月の中のウサギが遠くに見えた。

夢のお告げ

若いころから、何度か繰り返し、同じ夢を見てきた。

広々とした旧《ふる》い旅館。目の前には、黒光りした細い廊下が延びている。途中にいくつもの急な階段がある。階段部分の天井だけが、おそろしく低くて、頭をぶつけそうになる。

廊下の両側には、障子で仕切られた座敷が無数に連なっている。それぞれの部屋には「客」が泊まっている気配があるのだが、ぼそぼそとした話し声や衣《きぬ》ずれの音が聞こえるだけで、姿は見えない。そんな迷宮のようなうすぐらい宿を、これといった恐怖や不安も抱かないまま、私は何かの目的をもって前へ前へと、どこまでも歩いていく……そんな夢である。

フロイト的に言えば私自身の、何か固有な精神の象徴として、繰り返し見続けている夢なのだろう。目覚めていつも、また同じ夢を見た、これはいったい何なのだろう、と不思議に思うが、よくある夢分析をされても退屈なだけなので、あまり人には語ったことがない。

夫は元気だった時……たしか五十代の終わりころからだったと思うが、自分の死期を予告される夢を三度、見ている。夢の中で、おまえは七十三で死ぬ、という「お告げ」があったらしい。私と違って、ふだんから夢の内容をはっきり覚えていない人だったから、前後の脈絡は不明だが、お告げの内容だけは変わらなかった。そのため彼は「おれは七十三で死ぬよ」と決めつけて、そのくらいがちょうどいい、とうそぶいていた。

いくらなんでも三度も同じ夢を見て、そのたびに寿命が七十三、と予言されたと聞けば、多少の不安も生じる。笑って聞き流しながらも、内心、気にはなっていた。とはいえ、根拠も何もない、たかが夢である。こだわる理由もなくなって、そのうち忘れた。

六十八になる夫に末期の肺がんが見つかった時、ふとそのことを思い出した。少なくとも七十三までは絶対大丈夫、と私は思った。あと五年ある、と信じた。

もともと彼は、霊感のない人間だった。旅先で幽霊が出そうな宿に泊まっても、眠れずにいる私を尻目に高いびきで寝ていた。私が好んで読んだり書いたりする怪談や幻想小説にも、一切、興味をもたなかった。

そんな男が、同じ夢を三度見たとしてもアテにならない。そのことを思い知ったのは、七十の誕生日を迎えることなく、生命尽きた彼の静かな死顔《しにがお》を見た時だった。

森は今、落ち葉で埋め尽くされている。鬱金《うこん》色のカラマツの葉が風に乗り、儚《はかな》い淡雪のように間断なく降り注いでくる。

どこまでも続く廊下の先、座敷の障子がするする開き、元気な夫が目の前に現れて「腹減った」と言ってくる、そんな夢を見てみたい。他愛《たわい》もない夢想に浸りつつ、私は掃いても掃いても舞い落ちる、乾いた落ち葉のにおいを嗅いでいる。

喪失という名の皮膜

新型コロナウイルス感染者が激増する中、先日、ひと月ぶりに日帰りで東京に行ってきた。秋晴れの、寒くも暑くもない、美しい日だった。人々が全員、マスクをしているということ以外、街には表向き、何ら変わった様子は見られなかった。店も建物も行き交う人々も、以前のままのように見えた。

だが、見慣れた街、何度も行き来した場所だというのに、目にするものすべてに、透明な薄い皮膜がかけられているのを感じた。顔の半分以上を被《おお》っているマスクと、その皮膜とが、自分と世界とを永遠に隔ててしまっているような違和感があった。

諦めというのでもない。哀しみでも怒りでもない。見せかけの明るさに対する苛立《いらだ》ち、というのとも違う。それはどこか絶望にも似ているのだが、本来意味するところの絶望とも少し意味が異なっている。

何と表現すればいいのか。あえて言えば、無力感を伴った喪失の感覚、ということになるだろうか。

死んだ夫も私も、早い時期からパソコンや携帯電話を使いこなしてきた。原稿はパソコンで書き、メール添付で編集部に送った。

だが、私たちは共にSNSには手を出さなかった。ツイッターもブログも、フェイスブックやインスタグラムもやったことがない。興味がない、煩わしい、というよりも、日常的に自己表現、自己分析を生業《なりわい》にしてきたせいで、その必要性を感じなかったのである。

唯一、LINEだけは、夫との連絡に使ってみてもいいと思ったことがあったが、彼が「メールで事足りる」と言うので、そのままになった。

私が他者の発信するものに異様な関心を抱くようになったのは、夫の末期がんを宣告された時からだった。私は暇さえあれば、見知らぬ人々のツイッターやブログを懸命に検索するようになった。同じ肺がんの夫の闘病に付き添っている女性や、夫と同じ薬を使った治療をしている男性のブログやツイッターを見つけては、毎日のように覗き、一喜一憂した。

夫の死後は、深夜、ベッドに入ってからスマートフォンを手に、「死別　夫」「死別　コロナ」などと打ちこんでツイッターを検索した。どこの誰とも知らぬ人々の孤独の叫びをなぞっていくうちに、さびしい安堵に充《み》たされた。そのうち眠くなってきて、手にしたスマートフォンが床にすべり落ちる音で目がさめることも何度かあった。

喪失という名の皮膜は、いつかきっと雲母のように、うすく剝がれ落ちていくのだろう。疫病は永遠には続かない。必ず終わる。それは歴史が証明している。同様に死別した者と世界とを隔てている皮膜もまた、いずれは消えてなくなる時がくるのだろう。

見事な秋晴れが続いている。昨夜も満天の星だった。樹々《きぎ》はほとんど葉を落とし、その分だけ空が拡がり、星のまたたく音が聞き分けられそうなほど、世界は森閑としていた。

春風

父はよく、私のことを「春風みたいな子」と言っていた。春に吹いてくる暖かな風のように柔和で、親に頼らず、なんでも一人でこなし、これといった難題を持ち込むこともない、まことに育てやすい子、という意味だった。

高校時代、反戦デモに出るなどして「学生運動」に走った時の、父の怒りと落胆ぶりは相当なものだったが、大人になってからはまた「春風」に戻ったらしい。春風、という譬《たと》えは親の欲目に過ぎないにしても、私が手のかからない子だったのは事実だと思う。

ソフトクリームが食べたいのに食べさせてもらえない、というので、東京駅大丸の前の通路でひっくり返り、大の字になって泣きわめいた時以外、親の前で手放しで泣いたことがない。私は生まれつき、他者に向かって感情を爆発させることができない性分だった。

　そんな私が、心をよぎったことをなんでも話し、怒りも哀しみも不安も苛立ちも、何もかもを共有することができたのが夫だった。彼のほうでも同様で、私たちは人に話せないほどくだらないことから、小説の話、思想的哲学的なことまで、飽きずしゃべり、笑い合っていた。

　つい感情的になって、議論から喧嘩《けんか》に発展しても、なぜこんな心理状態にあるのか、ということをいちいち互いに分析し合う。そのため、それがきっかけでまた別の喧嘩の原因が生じる、といった具合だった。

　闘病中、些細《ささい》なことにも神経過敏になっていた夫は、私の言葉尻をとらえては自らの絶望を苛立ちに変えて投げつけてきた。こちらとて心労が絶えないのに、その言いぐさはなんだ、と思い、猛烈に腹がたったことも二度や三度ではない。

　そのたびに彼は諦めきったような口調で言った。「もうじき解放されるよ」と。

　瞬時にして怒りは哀しみに転じた。彼の絶望が私のそれと重なった。外では季節が流れ、日が沈み、月がのぼり、鳥や動物たちが変わらずに息づいているというのに、ここにはもう、当たり前のように流れる時間はなくなったのだ、と思い、全身から力が抜けていった。

パーキンソン病を患い、歩くことも指を動かすこともしゃべることもできなくなった父の前では、「春風みたいな子」を演じ続けた。衰えていく父に楽しい話を一人語りし、貧血が進んで冷たくなったうすい手を握り、さすり、笑いかけ、肩を抱き寄せながら、父との間に残された時間を慈しみ、愛《め》でることができた。

だが、夫の前では春風になれなかった。なんでも共有しすぎたせいだろう。彼の絶望は私の絶望だった。彼の死は或《あ》る意味、私自身の過ぎ去った時間の死でもあった。

猫が書斎のソファの上で眠りこけている。小さな可愛い鼾《いびき》が聞こえてくる。窓の外の、葉を落とした樹々の梢《こずえ》に、少しおぼろな上弦の月が浮いている。

バーチャルな死、現実の死

コロナに関する報道番組の合間に、華やかなCMが差し挟まれる。青空の下を駆け抜けていく新車、家族と共に寛《くつろ》ぐ美しい住宅、シャンプー、トイレ芳香剤、カレールー、ビールや日本酒、健康になるためのサプリメントの数々……。

CMの世界では何も起こっていない。愛らしいタレントや俳優がとっておきの笑顔をみせている。地球上のあらゆる人間が、想像もしていなかった疫病の襲来を受け、多くの人が感染し、重症者や死者が続出している、という現実と、テレビが映し出してくる希望に満ちた日常の風景との間には、永遠の乖離《かいり》がある。

一転、再び報道番組に戻れば、恐怖の実態が数字や映像となって延々と映し出されてくる。医療従事者や専門家たちが、沈痛な表情で自国の未来に警告を発している。中継される街の様子。人があふれ、全員がマスクをしていること以外、特に変わった点はない。

いったいどれが本当の現実なのか、わからなくなる。皮肉にも、これだけ「死」が身近にあるというのに、時代が「死」を隠蔽《いんぺい》している。「死」は今や、未経験の人間にとってバーチャルなものでしかない。

森には無数の野生動物が生息しているが、彼らの死は現実の死である。人に飼われている動物と異なり、病んだり怪我《けが》をしたりしても治療は受けられない。彼らにとって「死」は宿命である。死骸はただちに別の動物の貴重な食料になる。生命は連環する。

かつて、森の中の朽ちた倒木のそばで、ニホンザルの死骸を見つけたことがあった。若いサルだった。どうすることもできなかった。一週間ほどたってから行ってみると、跡形もなくなっていた。わずかに、茶色いサルの毛が散らばっていただけだった。

余命を意識し始めた夫は、毎日、惜しむように外の風景を眺め、愛でていた。野鳥の鳴き声に耳をすませ、庭に咲く季節の山野草をスマートフォンのカメラで撮影し続けた。どこからか種が飛んできて、駐車場のコンクリートの隙間で成長し、花を咲かせた一本の痩せたタンポポですら大切に扱っていた。

彼は言った。こういうものとの別れが、一番つらい、と。当たり前のように繰り返されていた季節。止まることなく流れるはずだった時間。美しい天空の法則のすべて。それらと別れねばならなくなるのが、本当につらいんだ、と。

先日、喪中葉書用の宛先リストを作った。昨年暮れの年賀状は、一応、印刷はしたものの、夫の病状が悪化したため、ほとんど出せずに終わった。捨てずにおいたものの中の書き損じに、夫の文字で「今年も宜《よろ》しくお願いします」とあるのを見つけた。最後の年賀状とわかっていて、そう書いた彼の諦めは、森の奥で息絶えていく動物たちのそれに似ているような気がした。

受難と情熱

夫の病状がきわめて深刻だとわかってから、それまで読まずにいた種類の本を買い求め、読みあさっていた時期がある。必ず迎えることになる事態に向けて、心の準備をしておきたかったからだが、それは表向きの理由に過ぎず、何かにすがりたい、いたたまれない、と思う気持ちのほうが強かった。

その種の本……「喪の心理と回復」について書かれた本は、専門家や宗教家、心理カウンセラー、体験者など、様々な立場の人によって書かれ、数多く出版されている。少しでも参考になるものがあれば、と思いながら読み進めたのだが、残念ながら、私にはどれも陳腐にまとめた理想論にしか感じられなかった。

死が迫っている百人の病人とその家族には、百通りの人生があり、百通りの人格、関係性がある。どれひとつとして、同じものはない。死はすべて個別のものだ。喪失の哀しみから立ち直るための理想的な、唯一絶対の方法など存在しない。それを改めて思い知らされたことだけが収穫だった。

私の夫が他界したのとほぼ同じ時期に、愛妻を失ったMさんが、先頃、こんなことを言っていた。

「深刻な状態にあったがんが寛解した、奇跡的に克服できた、という有名人の元気な映像がテレビで流されるたびに、気持ちが乱されて思わず目をそむけてしまう。申し訳ないけれど、そういうことは見たくないし、知りたくないんです」と。

これ以上ないほどの正直な告白だった。

自分の妻（夫）が、なぜ、こうならなかったのか。なぜ治療の甲斐《かい》なく逝くことになってしまったのか。今更、嘆いても詮《せん》ないこととわかっていながら、嘆く。同じ病気を経験した人の治癒や回復を喜べない。不快にすら感じ、一方でそんな自分に嫌気がさす。

「受難」という日本語は、英語に直すと「passion（パッション＝情熱）」になる。「受難」は本来、十字架の上で磔《はりつけ》の刑に処されたキリストの苦悩を表す言葉であるが、ふだん我々が使っている「情熱・激情」と「受難」とは、英語の表記を同じくしているのである。

ずいぶん前にこのことに気づいて以来、私は、人生における受難というのは、裏を返せば情熱の限りを尽くしたことと同じなのではないか、と考えるようになった。熱情は時に深い苦悩に姿を変える。逆も同じである。受難と情熱は異質のもののようでありながら、実は根っこのところで分かちがたく結びついているのだ。喪失の悲嘆や狂おしい絶望もまた、烈《はげ》しいパッションに他ならない。遺《のこ》された者の苦悩は、おそらく自分では気づかぬ生命の力と背中合わせになっている。

今朝がた初雪が降った。野鳥たちが庭に残した可憐《かれん》な足跡に、冬の朝日が燦々《さんさん》と射《さ》していた。

雪女

遥《はる》か遠い日の記憶である。まだ妹が生まれる前のことで、私は四つか五つ。両親と三人、東京郊外の社宅で暮らしていた。

当時は都内でも毎冬、よく雪が降った。その日も、午後から本降りとなり、暗くなって父が帰宅するころには十センチを超える積雪になった。

小さな駅から、大人の足で十数分。駅前の商店街を抜けたとたん、いちめんの麦畑が拡がって、視界を遮るものがほとんどなくなるようなところだった。

バスは通っておらず、昔のことだから駅待ちのタクシーもない。駅を降りたら歩くしかなく、しんしんと雪の降りやまない晩、いつもよりも帰りの遅い父を案じたのか、母は夕食の支度もそっちのけで、そわそわと窓から外を眺めていた。

やがて帰宅した父は、玄関先でコートや頭に降り積もった雪を払いながら、「まいったよ」と言った。呼吸がひどく乱れていた。「雪女を見てしまった。あそこの……で。いちもくさんに逃げてきた」

あそこの、の次の言葉は私には聞き取れなかった。母が息をのむ気配があった。両親は明らかに、私に悟られぬよう気遣いながら怯《おび》えていた。

あれは何だったのか。青白い雪に被われた、人けのない夜の麦畑の中の「あそこ」というのはどこだったのか。万事において非科学的なことを小馬鹿にしていた父が、いちもくさんに逃げてきたという。父はそれほど恐ろしいものを見たのか。

訊ねてみたいことは山ほどあったはずなのに、どういうわけか、長じてからは忘れてしまった。それが今頃になって、甦《よみがえ》ってくる。降りしきる雪の中で父が見たという雪女のイメージが、ここ数日、私を刺激してやまない。

今暮らしている土地は寒冷地で、降雪量は少ないが、積もった雪は凍りつく。月明かりを受ければきらきらと輝いて、氷のかけらのように見えてくる。

雪は音を吸収する。積雪のあった日は、いちだんと静寂が深まる。あたりには、甘い薄荷《はっか》水のような香りが漂う。雪のにおいである。……そうしたことを私は、この土地に暮らして初めて知った。

雪かきは夫の役割だった。家庭用の小型除雪機を用意し、雪が積もった日の朝は、夫が元気よく家の前の道を除雪した。積雪量が少ない時は私も参加し、雪かき用のスコップで雪をかいた。

昨年の冬、恐ろしいスピードで衰弱が始まった夫の代わりに、雪かきは私の役割になった。

ある晩、いたたまれなくなって雪かきを口実に外に出た。スコップを手にふと我に返ると、雪の中にゆらゆらと佇んだまま、嗚咽《おえつ》を続ける自分がいた。あふれる涙が氷点下の冷たい風に吹かれていった。

あの時の私は、間違いなく雪女だった。

愛情表現

年末、夫の高校・大学時代の後輩にあたる男性から、祭壇に手向けてほしい、とジャックダニエルの小瓶が送られてきた。ずいぶん昔、仕事の流れで夫と何度か飲んだことがあるという。

気持ちのこもった手紙が添えられていた。一読し、時が止まった。過去と現在が音もなく混ざり合い、溶け合って、どちらがどちらなのかわからなくなるのを感じた。

昔、酒の席で夫がこう言ったそうだ。事故にあい、目の前で誰かが大怪我をして、内臓がはみ出していたら、とても恐ろしくて手を触れることもできないが、それがカミさんだったら、おれは躊躇《ちゅうちょ》なく、自分の手で身体の中に内臓を戻してやれる、と。

並外れて饒舌《じょうぜつ》な男だったから、傍目《はため》にはいかにもしゃれた愛情表現がうまそうに見えたと思うが、実際は違った。気持ちが先走ると、とんでもなく気障《きざ》な物言いをしたり、妙に理屈っぽくなったりした。しみじみと情感を伝える場面になると、ふざけて動物の物真似《ものまね》をしたり、幼稚な即興の替え歌にしたりするものだから、呆れて笑うしかなくなった。私たちは決してロマンティックな夫婦ではなかった。

したがって、内臓のたとえは想像外のものだった。私の知る夫が口にすることではないようにも感じられた。愛情が深いか浅いか、という問題ではなく、そのたとえ方の度を超した強烈さに、ふと、見知らぬ男の魂の奥底を流れていたものを覗《のぞ》き見たような気がした。

三十七年間、共に暮らし、同じ地平を見据えながら書き続けてきた。時に争い、時に罵《のの》り合い、頭の片隅を駆け抜けていっただけのちょっとした想いを相手の都合も考えず、互いに垂れ流してきた。

何もかも、余すところなく知り尽くしていたはずなのに、知らないことが山のようにあったと気づく。死が時間を止めてしまったように感じるのは、永遠に知り得なくなったものを残すからだろう。

年が明けたばかりのある日、飼い猫が夫のデニムを積んだままにしている場所に飛び乗り、降りる際、爪をひっかけたか何かして、床に引きずり落としてしまった。

きっかけとは不思議なものだ。遺品整理など簡単にできるわけがない、と思っていたのに、気がつくと私はキッチンに行き、燃えないゴミ用の袋を手にしていた。驚くほど静謐《せいひつ》な気持ちでいられた。何本もあった夫のデニムを三枚のゴミ袋の中に収め、そのまま車を運転して近くのゴミ集積場に運んだ。大晦日《おおみそか》にかけて降った雪が圧雪され、きらきら光っていた。

あたりには穏やかな冬の午後の、弱々しい光が射していた。

その晩、猫がデニムが積まれていた場所の前を通り過ぎようとして、ふいに立ち止まった。何もなくなった空間をじっと見つめ、束《つか》の間、動かなくなった。猫らしい、控えめな愛情表現だった。

母の手、私の手

コロナの時代、鮮やかな口紅やグロスを塗ったくちびるを人に見せることが叶わなくなっても、数日先に何が起こるかわからない、未来が途切れたような不安のさなかにあっても、女たちは変わらずに自らを美しく装っている。

テレビスタジオで行われていたトーク番組。ふと、ゲストの美しい女優の手に魅せられて、目が離せなくなった。

細くて長い指。輝くばかりの白い肌。薬指に品のいい細いリングをはめた左手が、表情豊かに動きまわる。幸福そうな、弾《はじ》ける笑い声が迸《ほとばし》る口元をその手がふわりと被う。離れる。そしてまた美しく動く。

私の母は手の美しい人だった。指はすらりと長く、爪のかたちがきれいだった。マニキュアいらずで、いつも艶《つや》やかな桜色に輝いていた。

その手が私や妹を抱き、おむつを替え、連日連夜、飽きることなく家族の食事を作り続けた。かじかむような寒さの中、洗濯をし、買い物に行き、飼い犬や文鳥に餌をやり、土いじりをして小さな花壇に花を育てた。

老いた母の手は乾燥し、血管が浮き出て皺《しわ》が寄った。両手をこすり合わせるたびに、かさかさと枯れ葉をもむような音をたてた。

昔はね、といつも母は少し自慢げに言った。シラウオのような手、って言われてたのよ、と。

認知症が厳しくなった母とは、よく手をつないだ。手を握った。昔から手の温かい人だった。そのぬくもりは死ぬまで変わらなかった。

指輪のサイズが合わなくなってきたことに気づいたのは、数カ月前。母のようなシラウオの手ではなかったが、やはり年齢と共に否応《いやおう》なしに節くれだち、指全体が太くなった。指輪がうまく嵌《は》まらない。こんなに手が衰えていたのか、と愕《がく》然《ぜん》とした。

夫の闘病中、自身の美容上の手入れなど二の次になっていた。習慣的なこと以外、意識がまわらなかった。自分が痩せたのか太ったのかもわからず、興味もなく、彼の病状が深刻になるにつれて、装うことの楽しさも失われていった。

最期に向かう日々、夫の手を数えきれないほど何度も握った。うすくなった、冷たい手だった。主治医の前で血中酸素濃度を計る際、指先が冷たくて正確な数値が出ないと言われた手。その時よりもさらに冷たくなった手をさすった。母に似て、手が冷えるということがめったにない私は彼の手を掌《てのひら》の中にくるみ、時間をかけて温めた。

老い衰えていくもの、死にゆくものの手を握り、温め、その同じ手で愛するものを抱きしめる。食事を作る。パソコンを叩《たた》く。涙を拭う。洟《はな》をかむ。

この手が幾つもの命を見送り、自身の生命を支えてきたことの不思議を思う。愛したものたちの手と手がつながれ、果てることなく連なって、銀河の宇宙を漂っている、そんなまぼろしが見える。

繭にこもる

小説を書く際、「家」は重要なモチーフになる。庶民的な家、豪壮な邸《やしき》、朽ちかけたあばら屋。大きさも佇まいも無関係で、私にとって「家」は幼いころから、常に「繭」であった。何があろうと、繭に守られながら生きている、という、あの途方もない安心感。寛ぎ。それを上回るものは、他に思いつかない。

成人するまで、父の転勤に伴って何度も引っ越しを繰り返し、様々な家で暮らしてきた。なじみのない町の、ぬくもりのない家に引っ越しても、少し時間がたつと、たちまち家は繭と化した。私は繭から学校に通い、新しい環境で友達を作り、繭に戻った。

繭は母の象徴だ。母はどんな家に越しても、すぐさま家の中を温かな雰囲気に変えてしまう魔術師だった。玄関先や茶の間には、道端で摘んだ花が飾られた。

お世辞にも上出来とは言えないレース編みの花瓶敷き。ろうけつ染めの暖簾《のれん》。私たちがこぼした食べ物のしみのついている炬燵布団には、母手製の毛糸のパッチワークのカバーがかけられた。冷たい雨の降り続く時も、嵐がきても、繭の中はいつも、金色の優しい明かりで充たされていた。

夫は戸外で身体を動かすことが好きではなく、徹底したインドア派だった。私たちは共に、若いころから家にこもっていることが多かった。東京で借りていた狭いマンションの、蔵書だらけの部屋も、私たちにとっては最上の繭だった。

この森に移住してきてからは、家はますます「繭」と化した。夫にとって、「繭」に閉じこもることは至福だった。定期的に外に出て都会の空気を吸ってはくるが、帰れば即座に「繭」の住人に戻った。暇さえあれば「繭」の片づけや整理をした。ホームセンターに行き、数々の隙間家具を買って来ては組み立てて楽しんだ。

昨夜、夢をみた。同じ敷地内の隣にある、夫の仕事場から母屋にかかってくる内線電話が、高らかに鳴り出した夢だった。

内線が鳴ることはあり得ない。それなのに、私は驚くことなく、習慣通りに書斎の受話器を手にしている。夢の中、夫は死んではいない。何かの理由で長く留守にしていただけ、ということになっている。

だが、夫の仕事場からの内線に出るのは久しぶりで、操作の仕方をすっかり忘れてしまっていることに気づく。なかなか電話に出られない。慌てる。一刻も早く応えたい。焦りを覚えながら、私は必死になって子機のボタン操作を繰り返している……。

隣の繭からこちらの繭に、夫が電話をかけてきたような気がして、目覚めてからもしばらく放心していた。早いもので一周忌。当地もコロナの感染拡大地域と化してしまったため、一周忌法要は取りやめることになった。

祈り

私は悲観的な子どもだった。ものごとに感じやすく、身体が虚弱だったせいもある。

できるだけ冷静に最悪の事態を想定しておけば、万一の場合でも傷を最小限に抑えることができる。やっぱりね、と思えるか、ただ驚いて絶望して慌てふためくか、そのどちらに転ぶかで、後の人生は大きく変わる。そういうことを幼いなりに感じとり、生きていくための指針にしていた。ある種の自己防衛だったと思う。

林間学校で、草深い山道を一列になって歩いている時、蜂に気をつけろと言われたとする。真っ先に刺されるのは、列の先頭の子や最後尾の子ではない。真ん中を歩いている自分だろう、と考える。哀《かな》しいほどの運の悪さを意識さえしておけば、仮にそうなった場合でも耐えることができる。私はそういう考え方をしながら生きようとする子どもだったし、大人になってからも、その癖は抜けなかった。

夫は十五、六のころから煙草《たばこ》を吸い始めた。以後、六十六歳で肺気腫と診断され、しぶしぶ禁煙するまで、欠かさずにハイライトを日に三箱、空にしてしまうヘビースモーカーだった。

医者嫌いで、めったに検査を受けなかった。それが彼の、彼自身が頑《かたく》なに決めていた生き方だった。もっとも身近にいた私ですら、そこに入り込む余地はなかった。末期がんが見つかったら、あとは何もしないで死んでいくのがおれの理想、というのが彼の口癖だった。

そのため、いきなり肺がんの末期と宣告されても、意外性はなかった。ほらね、やっぱり、なるようになっちゃったね、仕方ないね、という感覚。それは、不思議なことに、ぎりぎりのところで私たちを救った。

そんな時ですら、幼いころからの悲観主義は変わらずに私の中にあった。闘病中、それまで理想の死に方を豪語していた夫は、一転、生きたいと思い始め、そ

ん な彼を見ながら、私は生来の悲観主義に取りつかれていた。

それでも必死になって祈った。祈りは必ず天に届く、と素直に信じることができない天《あま》の邪鬼《じゃく》な私も、祈ることをやめられなかった。烈《はげ》しく悲観しながらも、あるかなきかの希望にとりすがった。目に見えない無名の神々に向かって、四六時中、手を合わせた。近づこうとしてくる死神《しにがみ》を息を荒らげながら追い払い続けた。

夫が逝ってから、四つの季節が過ぎようとしている。季節が一巡するまでが一番つらい、と経験者たちは口をそろえる。そして今、私は二度目の冬の中に佇んでいる。

朝から霙《みぞれ》まじりの雨だったのが、午後になって雪に変わった。雨に濡《ぬ》れそぼった樹々の枝は雪をまとい、あちこちに小さな氷の花を咲かせている。静かな森はまるで、甘いパウダーシュガーをまぶした巨大なケーキのように見える。

お別れ会

夫の書く文字は、よく言えば「ヘタウマ」だった。誰もがひと目見るだけで、彼の筆跡だとわかるような字を書いた。

読みづらいのだが、何を書いているのかわからないほどではない。字の下手な小学生が書きそうな文字は、作家らしい流麗さと無縁だった分だけ、愛嬌《あいきょう》があった。

一昨年の八月末、肺への再発が濃厚に疑われ始めたころ、彼は直筆で遺言状をしたためた。A4の白いコピー用紙には、箇条書きで全八項目にわたる意思が綴《つづ》られており、彼は、もしもおまえで抗しきれないようなことが起こったら、そのつど、これを見せればよい、と言った。中に「お別れの会は絶対にやらないでほしい」という一文があった。

少年のような文字が横書きに連ねられ、しかも、書き違えて訂正したところには、それぞれ紅《あか》い拇印《ぼいん》が押されている。あまりにも丁寧にべったりと押しすぎて、遺言というよりも血判状を思わせたが、血判状にしては文字が幼すぎた。

お別れの会はやったほうがいい、と言われた時など、それを見せるだけで済んだので楽だった。相手は彼の文字と大げさな毒々しい拇印に笑いをこらえきれなくなり、私も思わず噴き出す、ということがよくあった。死んだ人間の遺した厳粛なものを前にして、くすくす笑い合えるのは、幸福なことであった。

家中のそこかしこに、夫の筆跡が遺されている。長い時間をかけて降り積もった埃《ほこり》のようである。居間のテーブルの下の整理箱や古いペン立て、彼が使っていたベッドのサイドテーブル、あちこちの抽斗《ひきだし》や戸棚の奥。至るところに彼の文字が堆積《たいせき》している。

録画した映画やドラマの一覧表、ちょっとしたメモ書き、出版社や編集者、どこの誰のものなのかわからない電話番号、家の維持のために必要な業者の連絡先、仕事の予定の数々……。機械には強かったはずなのに、洗濯機と電子レンジの使い方は何度教えても覚えられず、たぶん覚える気がなかったのだろう、私が教えた方法を手書きでメモして、洗面所やキッチンに貼り付けていた。洗濯機の横の壁には、今も「(1) 電源を入れる (2) 左の蓋《ふた》を開けて液体洗剤を入れる……」と書かれたメモ用紙を貼ったままにしてある。がんが発見された年、洗濯機を買い替えたのだが、夫は一度もそのメモを活用することなく逝った。

神道の世界では、立春を起点に年が明けたことになり、節分の前に死んだ人間は一年が過ぎた後、初めて本当の神になれるのだという。そんな知らせが、今日、宮司をしている方から届けられた。

根雪として凍りついた道や庭の、雪が解けだした部分に、キツネや野鳥の足跡が無数に残されている。生きているものたちの跡を眺めながら、冬晴れの空の下を歩く。すぐ近くでキジバトが二羽、乾いた翼の音をたてながら梢の向こうに飛び立っていった。

折々のママゴト

もともと物欲は少ないほうだった。子どものころ、父に連れられてデパートに行き、「今日はほしいものを買ってあげるよ」と言われても、自分が何をほしがっているのか、よくわからなかった。

何もいらない、と答えると、父をがっかりさせることになるので、そのたびに、さほどほしくないものを思いつきで口にした。ぬいぐるみ、絵本、ミルクのみ人形……。

値の張るものは避けた。つまらぬことに気を遣《つか》う子だった。

だが、ひとつだけ、ほしくてたまらなかったものがある。子ども用のママゴトキッチン。掌に載るほど小さな鍋やフライパン、包丁などがついている。アメリカのホームドラマに出てきそうな洋風のしゃれたキッチンは、ブリキ製だった。

珍しく父にねだって買ってもらった。ミニチュアのフライパンを使ってホットケーキを焼くまねごとをしたり、草の葉を摘んできて切れない包丁でつぶしたりした。その時の興奮は忘れがたい。あれほど楽しいママゴトは他にはなかった。

夫は私以上にママゴト好きだった。女と生活を共にするならママゴトみたいな暮らしがいい、と言っていた。いそいそと食卓に五品も六品も料理を並べてくる家庭的な女よりも、生活そのものをママゴトにしてしまうような、およそ世間一般の基準から外れた女のほうが魅力的だ、というのも彼の持論だった。

私と夫が、毎年、年中行事を大切にし、節分には豆をまき、雛《ひな》祭りには雛を飾り、どんなに忙しくても、大晦日になると私が手作りのおせち料理を作ってきたのは、それ自体が、極上のママゴトだったからなのかもしれない。

そのママゴトの相手がいなくなった。現実の生活そのものよりも、楽しかったママゴトのほうが、記憶に深く刻まれている。何という理由もないのに、折々のママゴトが甦って、知らず嗚咽がもれてくる。

私が洟をすすっていると、猫たちが急に不安げな顔つきになる。私に何か異変が起こった、と感じるらしい。

そんなことで食欲をなくされたりしたら困るので、猫の前では努めて明るくふるまうようにしている。時にはふざけて即興のダンスまで踊ってみせる。通じないとわかっていながら冗談を言い、目を細めて笑いかける。何をやっているのか、と自分でも可笑《おか》しくなる。

先日、深夜になってから、突然、口紅を塗りたくなった。どこへ行こうが、誰に会おうが、マスクをつけなければならないので、くちびるに紅をさす習慣が失われた。

少しわくわくしながら鏡に向かった。以前やっていたように、リップブラシを使って口紅を引き、グロスを重ねた。

誰に見せるわけでもない。ただの遊び。猫たちも眠っていた。夜更けの部屋の鏡の中に、見知らぬ女がいるような気がした。

シャルル・アズナブール

高校時代と予備校時代を仙台で過ごした。バロック喫茶やジャズ喫茶の他、街にはテーブル席だけの喫茶店も星の数ほどあって、よく通った。中に、安物の西洋家具を並べ、ニセモノの貴族趣味を売り物にしていた、俗に言う「王朝喫茶」があった。いつ行っても空いている店だった。男友達と待ち合わせ、読んだ本の話をしたり、英単語を覚え合ったりして長時間過ごすのに都合がよかった。

吹き抜けになった二階建て。天井にはプラスチックのシャンデリアが幾つも下がり、床は色あせた赤い絨毯《じゅうたん》敷き。椅子やテーブル、調度品はすべて「王朝風」に設《しつら》えられ、蝶《ちょう》ネクタイをしめた中年のボーイが恭《うやうや》しく銀のトレーで飲み物を運んでくるのだが、値段はどこにでもある喫茶店と変わらなかった。

店内に流れていたのはレイモン・ルフェーブルやポール・モーリア、アダモ、アズナブール。王朝風というのはフランス風という意味だったのか。ビートルズやローリング・ストーンズを耳にすることはなかった。

夫は大学時代の一時期、シャンソンを中心にギターの弾き語りのアルバイトをしていた。芸名は「ジュネ・藤田」。文豪のジャン・ジュネを模したもので、その馬鹿馬鹿しさは今も仲間うちの語り種《ぐさ》になっている。

彼の深刻な病がわかった年の九月、九十四歳になっていたアズナブールが来日。運良くチケットがとれたため、そろって上京した。

NHKホールのシートに並んで座り、若いころ聴いたアズナブールの歌にまつわる思い出話をしながら開演を待った。治療の効果が出て、彼の病状は安定していた。大いなる希望に満ちている時期でもあった。

老いを忘れるほど、アズナブールは変わらぬ歌声、変わらぬ佇まいだった。それを観《み》る自分たちの中をそれぞれ個別に流れていった、めくるめく時間の渦を思った。その果てに辿《たど》り着いた場所と、残された時間を思った。

アズナブールは東京と大阪での二公演を見事にこなし、帰国後、まもなく天寿を全うした。あっぱれだ、と夫は言った。

先日、そんなことをぼんやり思い返していたら、深夜になって、居間に突然、透き通った白い羽の、三センチほどの大きさの蛾《が》が現れた。

氷点下の気温が続く厳寒期に、蛾が生まれることはあり得ない。もう少し暖かくなれば、壁と壁の隙間で生まれたてんとう虫が姿を見せることもあるが、蛾というのは経験がなかった。

怪訝《けげん》に思って動きを追っていると、猫たちが目ざとく見つけた。蛾は彼女たちをからかい、遊びに誘うように室内を飛び続けた。

「もしかして」と私が気づき、咄嗟《とっさ》に猫を制止しようとしたのと、猫の湿った肉球に蛾が挟まれたのは、ほぼ同時だった。

白い蛾に姿を変えて遊びに来てくれたのかもしれないよ、と猫に話しかけた。蛾の死骸は捨てる気になれず、窓辺の、白いシクラメンの鉢植えに埋めた。

抱きしめ、抱きしめられたい

別れ際、親しい相手と「楽しかった。またね」と言って、軽くハグし合うことがよくあった。長々と握手をして別れを惜しむ、ということも日常茶飯だった。生きているものの厚み、生命のぬくもりに直接触れることが叶《かな》わなくなって久しい。当たり前のように人の肌に触れることができた日々が、百年も千年も昔のことだったように感じる。

「I Want To Hold Your Hand」は、ビートルズの初期の代表曲の一つである。直訳すれば「あなたの手を握りたい」。

だが、歌詞の中に、身体を抱きしめたい、という表現は一切ない。あくまでも手を握りたい、とするにとどまっているのだが、邦題は「抱きしめたい」である。確かに「手を握りたい」よりも、「抱きしめたい」のほうが強烈な印象を残す。

私も今、強烈に誰かを抱きしめたい。誰かに抱きしめられたい。病み衰えた夫の、枯れ木のようになった肩を抱き、骨ばった手を握り、恐ろしくむくんでしまった足首や痛みの出る背中をさすり続けたひとときを、叶うならば今再び手に入れたいとさえ思う。

死に向かう彼は見ているだけでも辛《つら》かったというのに、何を今さら、と自分でも呆《あき》れる。だが、誰であろうが触れることのできなくなった時代を生きながら、私には死に瀕《ひん》した者の肌ですら、懐かしい。

不安や恐怖にかられた時、心細い時、哀《かな》しみに打ちひしがれている時、誰かにそっと抱きしめられたり、手を握ってもらったりするだけで、いっとき、苦痛から逃れることができる。冷たく凍えた気持ち、寂寞《じゃくまく》とした想《おも》いの中に、ひとすじの温かな光が射しこまれるのである。

いつの世でも、どんな時でも、人々はそうやって生きてきた。簡単なことだった。抱きしめる。抱きしめられる。手を握る。握り返す。たったそれだけのことが、手に負えない魔物から相手を守り、自分もまた守られることを私たちは知っていた。

介護施設に暮らす高齢女性を、これ以上できないほど、全身をものものしい防護服に包んだ娘が訪ねていく様子が、テレビの報道番組に映し出されていた。母娘は、一年間、会えないままでいたという。

ゴム手袋に包まれた娘の手が、母親の肩をもみ、手を握り続ける。娘の頭部は、球体の透明なプラスチックで被われている。二十分という短い時間制限の中、老いた母親はただ、目に涙を浮かべるばかりだった。

昨日と一昨日、森にも春一番が吹き荒れた。ここのところ、毎晩、美しい尾をもつ、元気いっぱいのキツネの番《つが》いが現れて、私が投げ与える胡桃《くるみ》を食べていく。空には煌々《こうこう》と半月がのぼる。

変わらずに季節は流れる。新しい生命が生まれ続ける。寂寥《せきりょう》だけが消えずに残されて、私は今日も、猫の柔らかな身体に鼻を埋める。

悔やむ

大きく爪先《つまさき》立ちながら、高い棚の上のバッグを取り出そうとした時のこと。バッグに引きずられ、ごわついた古い布が床に転がり落ちてきた。灰色の、見覚えのある衣類だった。
五、六年前だったか。夫から、愛用しているジャージーパンツのゴムがゆるくなったので、手の空いている時につけ直しておいてほしい、と頼まれた。
針仕事はやればできるが、悉く《ことごと》面倒くさい。和服姿の女性が小首を傾《かし》げ、糸切り歯で糸を切る姿というのは、なんとも色っぽくて憧れるが、鋏《はさみ》で事足りると思ってしまう。針仕事は女の仕事、と思われがちな風潮に抵抗したいのでもない。ただ単に、ちまちまと指先を動かす作業が苦手なのだ。

とれたボタンをつけ直すだけでも大騒ぎしてしまうので、常日頃、夫から呆れられていた。ゴムのつけ替えともなれば、相当の覚悟を要する。気安く引き受けたはいいが、案の定、後回しにしているうちに忘れてしまった。

あれどうなった?と聞かれるたびに、あ、ごめん、まだ、と答えた。おまえに頼むとボタン付けだけでも一年かかるもんな、と厭味《いやみ》を言われ、そうこうしながら時が流れて、彼は病に倒れた。

たかがパンツのゴム一本、どうしてすぐにつけ替えてやれなかったのだろう、と思う。どれほど煩わしくても、どんな忙しい時でも、三十分もあればできたはずだった。

家族や伴侶を失った世界中の誰もが、様々な小さなことで、例外なく悔やんでいる。同様に私も悔やむ。パンツのゴム、という些細《ささい》な、どうでもいいような、笑い話のようなことで悔やんでいる。

悔やみごとは続く。その数日後、書斎を片づけながら、いつもデスクに飾っておいた「お守りマスコット」の箱を手にとった。透明なプラスチック製の小箱に、神社のお守りに似た袋と、小さな犬のマスコットが入っている。がん細胞がリンパ節に転移した夫が、放射線治療を受け始めたころ、文具店で自分と私のために買ってきた「健康お守り」である。

そのまま飾っておくものだとばかり思っていたが、箱の裏に小さな説明書きがあることに、その時、初めて気づいた。袋の中のカードに願い事を書き、持ち歩いてください、とある。

中にカードが入っているなど、全く知らなかった。おそるおそる袋を開けてみた。瞬時にして時が止まった。二つ折りにされた小さな白いカードには、夫の文字で、私の健康と幸せを祈っている、と書かれてあった。

正確無比に時は流れていく。一昨日の晩は、梟《ふくろう》の初鳴きを聞いた。空には満月。森のこちらとあちらで鳴き交わす彼らの声に包まれながら、ふいに現実感が遠のいた。時と共に記憶がうすれてほしいのか。あの時のまま、いつまでも生々しくあってほしいのか。わからなくなって、思わず天を仰いだ。

桜の咲くころまで

朝、カーテンを開けると、春めいた陽差《ひざ》しが一斉になだれこんでくる。樹々《きぎ》の枝に、キジバトを含む何種類もの野鳥が止まって、こちらを窺《うかが》っているのが見える。私が餌台にヒマワリの種を盛りつけ、地面に撒《ま》き餌やパン屑《くず》を散らすのを今か今かと待っているのだ。

野鳥に餌をやり終え、自分のための食事を作り、夫の遺影に線香を手向け、その日の予定や心の内を語りかけてから食べ始めると、今度は猫が空腹を訴えてくる。足元にすり寄られ、あたりをうろうろされながら、落ち着かない中で慌ただしく食事を終える。後片付けをし、猫たちにその日最初のごはんを与え、水を替え、猫トイレの掃除をする。家の中のことをすませ、必要とあれば車を運転して買い物に行く。

熱いコーヒーをいれて書斎に入るのはその後だ。書斎で過ごす時間が一番落ち着く。パソコンに向かって言葉を連ねていると、時が止まる。余計なことを考えずにいられる。

そんな中、親しい人や編集者から電話がかかってくれば、明るい口調で応対する。冗談を言い、笑い、以前同様、ごく日常的な世間話を楽しむ。もう誰も、声を落として亡き夫の話やその後の私を案じるような話はしてこない。遠慮しているからではない。人々にとって、夫の死がすでに過去のものになっているからだ。それは健全なことだと思う。

私はといえば、夫の闘病と死を経験している間に、自分の日常と、自分を取り囲んでいる外部の日常とがかみ合わなくなった。着ているもののボタンをかけ違えたまま外出し、直したいのに直せない時のような、背中に匕首《あいくち》を刺されたまま、笑顔で人と接しているかのような、そんな違和感が抜けない。

外部を流れていく時間と、自分の中を流れる時間との間に明らかなずれがある。ずれているのに、ふつうの顔をしながら、ごくふつうに生活している。たぶん、他者にはこの「ずれ」がわからない。わからなくて当然だから、説明しようと思ったこともない。

「ずれ」を意識するたびに、様々な夢想が浮かんでくる。自分が早くも老婆になってしまったように感じることもあれば、子ども時代の自分が、茶の間の炬燵《こたつ》で両親や妹と共に、かりんとうを齧《かじ》っているような気分になることもある。そこにいる子どもの私には、まだ見ぬ未来がある。だが、本当の私はこちら側にいて、その未来がどんなものになるのか、知り尽くしている。

昨年の年明け、衰弱が始まった夫を前にした主治医から「残念ですが」と言われた。「桜の花の咲くころまで、でしょう」と。

以来、私は桜の花が嫌いになった。見るのが怖かった。だが、今年、寒い時期に花屋で桜の枝を見かけ、複雑な気持ちのまま買ってしまった。

ろくに世話もせず、玄関先の花瓶に挿して放っておいたのだが、堅い蕾《つぼみ》だった桜の花は、今、見事に満開の時を迎えている。

愛さずにはいられない

私の高校時代、「家庭は諸悪の根源」という考え方が、意識の高い学生を中心に広まっていた。

世界各地で大学紛争や反戦運動が勃発。ウーマン・リブの思想が席巻し、旧世代の価値観が否定された時代。当たり前だった人生の青写真、というものに対して疑問を抱く人が激増し、目に見えて女性の生き方が変わり始めた。

夫と出会った時、私たちがまず初めに確かめ合ったのは、子どもを作らない、従って婚姻届も出す必要がない、ということだった。

正常な生殖機能をもっているのに、子どもを作らずに生きる、と私が決めたのは十代のころからである。理屈や流行《はや》りの思想がそうさせたのではなく、私自身の深部から生まれたもの、嘘《うそ》偽りのない感覚に近いものだったため、完全な理解を示してくれた夫との出会いは喜ばしかった。

だが、夫は子どもを作るどころか、家庭を作ることに対して、異様なほど強いアレルギーの持ち主だった。まさに「家庭は諸悪の根源」を地でいく人だった。

彼は支配欲の強い母親に育てられた。母親に息子を愛する気持ちはあったろうが、支配するかたちをとらねば満足しない。一人っ子で、経済的には何不自由のない家庭だったものの、彼は幼稚園のころから、母親との関係に絶望していた。そんな母親をうまくコントロールしてくれなかった父親に対しても。

夫は五十代になってから、自分がどんな思春期を送ったか、作家として書き残したいという衝動にかられ、自伝的長編小説を書いた。どこまでも逃げ続けたいと思うしかなかった母親との関係を、自身の高校生活をふくめて赤裸々に描いてみせた。

歌舞伎町のゴーゴークラブに出入りし、酒と煙草、ナンパに明け暮れ、あげく同郷の一つ年上の女性と半同棲《どうせい》。駅のトイレでガクランに着替えて登校する日々を正直に綴ったものだが、単行本で出版された時も、後に文庫化された時も、読者や批評家たちの間で取り上げられることなく終わった。

息を引き取る一週間前、自宅のベッドの中で彼は、その作品を読者に正しく伝えられなかったことを深く嘆いた。母親を憎む、という心理が人生にどんな影響を及ぼすか、理解されずに終わったことを無念がった。

憎しみの裏には必ず、「愛されたい」という願望がある。うまく愛情を交わすことができなかった母子、長じて作家になった息子の、破滅的な高校時代を綴った作品が、このたび版元を替えて再び文庫化される。巻末には私が解説エッセーを書いた。同じ作家として生き、そばで見続けてきた私の、それはささやかな使命だった。

自伝小説のタイトルは『愛さずにはいられない』（新潮文庫）。あの時代を生きた者なら誰もが知っている、レイ・チャールズの大ヒットナンバーである。

思春期は続く

夫に残された時間がわずかになったと知り、或《あ》る晩、私は彼の高校時代からの友人A氏に電話をかけた。

壮年期はそれぞれ仕事に全力投球し、疎遠になったり、近づき合ったり。男同士、互いに妙な自意識の火花を散らしつつ、こまめに連絡し合うこともなかったが、いざとなれば誰よりも理屈抜きで信頼し合える。二人はそんな間柄だった。

A氏はむろん、夫の病気の詳細を知っていたが、まさかそれほどのことになっているとは思っていなかったらしい。私の報告を聞いたとたん、電話口で絶句した。声を押し殺して泣き始めた。冬の夜のしじまの中、私たちは互いに言葉を失ったまま、しばし、むせび泣いた。

夫と同年齢で、昨年古希を迎えたA氏と、先日、久しぶりに電話で話した。

長く生きてきて、嵐のような出来事の数々をくぐり抜け、突っ走り、おかげで厄介な持病も抱えこんだ。しかし、別に後悔はしていない。とりたてて趣味もない仕事人間だったが、総じてよき人生だったと考え、このまま穏やかにフェイドアウトしていくはずだったのが、思いがけず、十五のころから親しくしてきた友を亡くした。しかもその直後、コロナに見舞われ、残された時間を漠とした不安と共に生きざるを得なくなった。いろいろな意味で、僕にとって藤田の死は、あまりにも大きかった、あれからすべてが変わってしまったように感じる……独り語りでもするかのように、彼は私にそう言った。

若いころ私は、人は老いるにしたがって、いろいろなことが楽になっていくに違いない、と思っていた。のどかな春の日の午後、公園のベンチに座り、ぼんやりと遠くを眺めている老人は、皆、人生を超越し、達観しているのだろう、と信じていた。ささくれ立ってやまなかった感情は和らぎ、物静かな諦めが心身を解放し、人生は総じて、優しい夕暮れの光のようなヴェールに包まれているのだろう、と。

だが、それはとんでもない誤解であった。老年期と思春期の、いったいどこに違いがあろうか。生命の輝きも哀しみも不安も、希望も絶望も、研ぎ澄まされてやまない感覚をもてあましながら生きる人々にとっては同じである。老年期の落ち着きは、たぶん、ほとんどの場合、見せかけのものに過ぎず、たいていの人は心の中で、思春期だった時と変わらぬ、どうにもしがたい感受性と日々、闘って生きている。

ここのところ、風の強い日が増えた。山から森に吹き降りてくる風は、ごうごうと凄《すさ》まじい音をたてながら、まだ芽吹きを迎えていない樹々の梢《こずえ》を大きく揺らして去っていく。

ミソサザイの鈴のような美しい声音が四方八方から聞こえる。振り仰げば、雲ひとつない群青色の空。あまりに青く眩《まぶ》しくて、どこまでが夢でどこまでがうつつなのか、わからなくなる。

動物病院にて

Aという苦痛は、Bという別の苦痛が生まれたとたん、消失する。少なくとも感じなくなる。苦痛の司令塔である脳の伝達機序のおかげであり、長く生きていると、人は何度もその恩恵に与《あずか》る。

先日、ふだんから食欲旺盛で活動的な、十四歳になる猫が突然、ほとんど食べなくなった。動きも鈍くなり、つらそうに寝てばかりいる。動物病院が休みの日だったため、週明けまで様子を見るしかなかった。

夫の次は猫を看取《みと》るのか、と思った。深い井戸の底に降り立って、暗がりの中、自分の傷口を舐《な》めながら、しばらく養生していくつもりだった。これ以上深い「底」はない、とも思っていた。だが、まださらなる先に「底」があるのかもしれなかった。

週が明けてから、相変わらず食べようとしない猫を病院に連れて行った。先代猫から世話になってきた獣医師が、案じ顔で全身検査をしてくれた。猫を預け、結果が出るまで一時間半。呼ばれて診察室に入った時、束《つか》の間、奇妙なまぼろしを見た。かつて夫が通っていた病院の診察室。各種検査の結果を二人で聞きに行くのが怖かった。いつ転移や再発の告知を受けるかわからない。主治医が待つ診察室の戸を開けることは恐怖だった。

動物病院の小さな診察室にも、人間の病院の診察室にも、油断したとたん、皮肉な笑みを湛《たた》えながら、そろりそろりと近づいてくる死神がいる。私にとって夫の闘病というのは、その死神と闘うことだった。

だが、意外にも猫の検査結果は「異常なし」だった。健康体だと太鼓判を押された。急に元気がなくなったのは、犬猫によくある、肛門《こうもん》脇の肛門腺が化膿《かのう》した痛みのせいであることがわかり、処置を受けた猫と共に帰宅した。

夫の闘病と死は、私の中から胸躍る感覚を奪っていった。見るものすべてがわけもなく幸福感を誘ってくるような、そんなひとときがあったことも、遠い過去の記憶に過ぎなくなっていた。

それなのに、動物病院からの帰路、燦々《さんさん》と降り注ぐ春の陽差しを浴びながら、私は忘れかけていた深い幸福に酔いしれた。それこそ何年かぶりで感じる真の幸福だった。

かつては何かあるたびに、亡き両親や八百万《やおよろず》の神に向かって手を合わせ、祈っていた。今は死んだ夫に祈っている。猫を護《まも》ってね。私を護ってね。お願いよ。夫はもはや神様なのだ。

あちこちの梢で鳴き交わす野鳥の声が賑《にぎ》やかである。例年にない早さで暖かくなった。鳥たちはいち早く繁殖の季節を迎えている。私には彼らが森の樹々を飛び交いながら、「恋しい、恋しい」と絶え間なく囀《さえず》っているように聞こえる。

すっかり元気になった猫が、カリカリと威勢よく音をたててフードを食べている。窓の外では、キジバトの番いが眠たげな声で鳴き続けている。

墓場まで

若いころから、墓と廃屋を見るのが好きだった。国内外問わず、観光名所を巡ることより、その国の、その街の墓地を一周すれば満足した。

人が住まなくなって放置されたままの家を見つければ、必ず足を止める。蔦《つた》に被《おお》われ、ひびが走った外壁。背の高い雑草が生えそろった屋根。割れた窓ガラスの奥、わずかに光の射《さ》す空間に散らばっている、黄ばんだ新聞紙や錆《さ》びついて原形をとどめていない空き缶。風雨にさらされ、切り裂かれたようになってぶら下がっている、色あせたカーテン……。

そこに流れた時間は永遠に止まっている。営まれてきた暮らしに終止符が打たれ、姿だけが朽ちていく風景に、私はたぶん、若いころから深く魅了されていたのだと思う。

小学生時代、8ミリカメラが一般家庭に普及するようになった。父は真っ先に手に入れて、暇さえあれば私や妹、母の姿を撮り続けた。安月給をやりくりして映写機も買いそろえ、休みの日には小さな茶の間の壁に白いシーツを垂らし、雨戸を閉じて暗くして、家族と上映会を楽しんだ。

音声が入らなかったので、サイレント映画のようだった。映像は鮮明ではなく、付着したゴミや埃が、フィルムのところどころに亀裂を作っていた。

両親が他界した後、実家の納戸から六十年近く前の8ミリフィルムが何本も出てきた。専門業者に頼めば簡単にDVD化できることを最近、知った。夫が元気でいたら、早速、面白半分で依頼し、自宅のテレビ画面に映し出して、さんざん笑いながら二人で鑑賞していたかもしれない。

夫の死と共に、自分の遠い過去も葬ってしまったような気がする。私の中では時の流れが止まったままになっている。膨大な歳月を遡《さかのぼ》って、共に楽しめる相手がいなくなった。過ぎ去った時間の沈殿は、重たい墓石を思わせる。

いつのころからか、YouTubeで「夫婦そろって直木賞」と題された動画を観ることができるようになった。夫が直木賞を受賞した直後、NHKのスタジオで、二人そろってインタビューを受けた時のものである。

これまで観る勇気がなかったのが、先日、むしょうに夫の声が聴きたくなった。声の記憶というのは私の場合、不思議なことに時々、曖昧《あいまい》になる。あれほど連日、聞き飽きるほど耳にしていたというのに、夫の声を鮮明に甦《よみがえ》らせることができなくなる。

動画の中に、約二十年前の懐かしい夫と私がいた。二人とも緊張気味にインタビューを受けている。夫の声が聞こえてくる。ああ、そうだ、この声だ、と思う。

番組の最後、これから御夫婦として、どう歩んでいきたいですか、という質問を受けた。彼が答えた。「今のところは、ですが、墓場まで行こうかと思ってます」と。

その隣で、まだ四十代だった私が、ふふ、と笑っている。

内線電話

喪の哀しみ、というのは不思議なもので、四六時中、悲哀という名の深い霧の中をさまよっているのかというと、必ずしもそうではない。

むろん、意識の底には絶え間なく同じ感情が、水のごとく流れ続けている。眠っている時でさえ、それは途切れたためしがない。

だが、人と話している時や仕事に熱中している時、本や映画に没頭している時など、ふと現実が宙に浮くことがある。夢中になっている対象に対し、意識は冴《さ》え冴《ざ》えとしているくせに、一瞬、時間の感覚が麻痺《まひ》してしまうのだ。

たちまち、長年の習慣が甦る。あ、このことは忘れずに伝えておかなくちゃ、とか、この話は面白いから、あとで教えてやろう、などと思う。ひどい時には、夫の仕事場に内線電話をかけようとして、デスク上の子機に手を伸ばしかけてし

笑をもらす。

時間にしてわずか一、二秒。幸福な午睡の中で見た、のどかな夢まぼろしは、たちまち泡のごとく消え去る。呆然《ぼうぜん》とするのも悔しくて、私は一人、情けない苦笑をもらす。

仕事や個別の用事以外、共に過ごす時間が恐ろしいほど長かったので、私たちは互いが物忘れをするような年齢になっても、どこかで安心していた。映画俳優や政治家の名前、映画や小説のタイトル、レストランの屋号、知人の名前……。小説を執筆していて、どうしても或る固有名詞が思い出せず、調べるのも面倒だから、と内線電話で訊《たず》ね合うことも多かった。

ネットで検索する手がかりすらない場合は、執筆が滞って苛々《いらいら》する。気軽に訊《き》ける相手がいれば、便利なことこの上ない。同世代なので、積み重ねてきた記憶の量、質も似通っている。呆《あき》れるほどひどい度忘れをしても、相棒がいる限り、なんとかなる、と思っていたし、実際、その通りだった。

どういうわけか「(衣類の)トレーナー」という名詞を決まって度忘れしてしまう夫が、そのたびに内線電話をかけてきたことや、どちらが先に認知症になるか、という予想を立て合っていた時のことを思い出す。八割がた、夫のほうが先だろう、という結論が出ていたのだが、彼はもう、がんはおろか、認知症にも心筋梗塞《こうそく》にも脳梗塞にもならない。

死は当人にとっての永遠の安息であると同時に、身近な者にも或る種の安息を与える。自分以外の生命の行く先を案じ、怯《おび》え、不安に恐れおののく必要がなくなるという意味において、これ以上の安息はない。

最近、毎晩、庭に小ぶりのテンが現れる。シャンパンゴールド色の毛並みの美しさにうっとりする。テンはふさふさの尾を自慢げにたなびかせ、リズミカルに走り去っていく。

数年前、文芸誌に「テンと月」と題した短編を書いた。今は新月なので月は見えない。代わりに満天の星空が拡《ひろ》がっている。

もういいよ

四半世紀も前のことだが、仕事に疲れた時など、夫はよく冗談めかした言い方で、「藤田は死んだ、ということにして、あとのことは全部、おまえに任せてしまいたい」と言っていた。

編集者や友達が訪ねて来たら、どうするの、と訊くと、絶対にわからない場所に隠れひそんでいるのだという。「その間のトイレは?」「バケツを置いておけばいい」「その人たちが帰るまで隠れてるの?」「そう」「で、帰ったら、部屋にのこのこ戻って来るわけだ」「うん」「二度と私以外の誰にも会えなくなるよ」「死んだ、ということはそういうことなんだから、それでいいんだよ」……。

自分たちが暮らす森に常住している人は少ない。家のまわりをうろうろしていても、めったに人とは出くわさない。死んだことにして生きていくための条件はそろっているので、できないわけではない、と夫は夢見がちに言い張った。

「生きてるのに死んだふり？　冗談じゃない。そんなに大きな隠し事を抱えて、生活のすべてを私が一人で請け負うなんて、迷惑千万。こっちの身にもなってちょうだい」と私が大まじめに反応すればするほど、彼はさらに面白がって、「いいよなあ、そうできたら、締切《しめきり》もなくなるし、好きなことだけしてればいいし、残りの人生、極楽だよなあ」と言い続けた。

オノ・ヨーコは、銃で撃たれた夫、ジョン・レノンの遺体をただちに荼毘《だび》にふし、誰とも会わせようとしなかったと聞く。そのことが後年ずっと、ジョンと親しくしていた音楽関係者たちの気持ちの中に、大きなわだかまりを残したという。夫に突然死され、私が誰にも知らせずに、すぐ火葬してしまったことにすれば、かつて夫が夢みていたことを実現できたのかもしれない。そんな途方もなく馬鹿げたことを今も時々、思い描く。

何も入っていない空の骨壺《こつつぼ》を置いて、遺影を花や線香で囲んでおけばいい。そうすれば、人々の目には疑いようもなく、夫の死が現実のものになる。

それならば、表向きは今と寸分の変わりもないではないか、と思うが、決定的に違うのは、夫は今、死んだふりをして家の中のどこかに隠れているのではない。本当に死んでしまった。いなくなった。お客さんが帰ったから、もういいよ、と合図しても、戻っては来ない。彼はもう、死んだふりなどしなくても、煩わしい人生のあれこれから永遠に解き放たれている。

裏庭に自生のフキノトウが次々と顔を出し、たちまち花開かせる。あまり大きく育たないうちに、まとめて摘みに行き、味噌《みそ》をからめた天ぷらにして夕餉《ゆうげ》の食卓に並べるのが、この季節の楽しみだった。

今もたまに、「ごはんできたよー」と声に出して言ってしまいそうになる。ごはん、という言葉に反応するのは猫ばかり。

残された時間

昔、都内の某所に、手相を見ただけで寿命を言い当てることができる、という伝説の老婆がいた。老婆の予言通りに死を迎えた人が何人もいる、という。老婆は一人で小さな、うす汚れたカウンターだけの、喫茶店とも茶店ともつかない店を経営していた。その店に出入りしていた年長の男性から、或る時、「行ってみないか」と誘われた。

大学を卒業したばかりのころだった。寿命を告げられることの怖さよりも、好奇心のほうが勝っていた。数日後、私はその男性に連れられて老婆の店を訪ねた。モノクロの旧《ふる》い日本映画に登場しそうな、埃《ほこり》っぽい店だった。物静かで地味な印象の老婆には、これといった特徴もなかったが、手相をみてもらう段になると、いきなり恐怖心が頂点に達した。私は慌てて、寿命は知りたくない、と口走った。

老婆はうなずき、私の手相をためつすがめつ眺めた。少し胃が弱いが心配いらない、身体は頑健、ということだった。そばで老婆の言うことを聞いていた男性は、よかったなぁ、長生きできるぞ、と言い、笑った。

それからわずか五年後、その男性の訃報《ふほう》が届いた。がんが発見された時は、すでに手遅れになっていたと聞く。

あの不思議な老婆が、彼の寿命についてどのように言っていたのかは知らない。私同様、彼もまた、自分の寿命を知るのが怖くて訊けずにいたのか。

夫が余命宣告を受けてから、世間に「キャンサーギフト」という言い方があることを知った。がんになってこそ与えられる幸せがある、という。手の施しようのないがんは、おおよその余命がわかるので、残された時間を有意義に使い、別れの準備を整えることもできる。死ぬならがんがいい、心を遺《のこ》すことなく死ねるから、と考える人々も増えた。

だが、本当にそうだろうか。朝の光の中で目がさめる。また一日が始まる、と思う。時間だけが規則的に流れ、何事もなかったかのように季節は移り変わっていく。そんな中、残された時間が、鋭利なナイフのようになって突きつけられてくる。それは残酷な試練以外の何ものでもない。

夫は死を受け入れようとしていたが、終焉《しゅうえん》が目に見えているのに、変わらずに流れていく時間の中で生きることは、彼にとっても私にとっても酷《むご》すぎる試練であった。

彼が遺したスマートフォンやビデオカメラには、夥《おびただ》しい画像や動画が眠っている。その大半が病を得たあとに撮影された、野に咲く小さな花、野鳥たちであることはわかっているが、未《いま》だ見る勇気はない。

収束の見えない疫病のさなか、高原は今年も花盛りの季節を迎えた。レンギョウ、雪柳、大山桜、ツツジ……。雲ひとつない群青の空には、ノスリなのかトビなのか、大きな鳥が悠々と弧を描き、森は繁殖期を迎えた野鳥の囀りの洪水である。

静かな死顔

幼いころ、私はあまり身体が丈夫ではなかった。何かというとすぐ気持ちが悪くなったり、熱を出したりした。

父は私が具合を悪くするたびに、大げさに騒ぎたてた。枕元に新聞紙を敷き、慌ただしく洗面器を置くなり、「吐きたくなったら、ここに吐きなさい」と言った。そんなことをされると、余計に気持ちが悪くなった。

一方、母はどんな時でも、ふだん通りにふるまってくれた。臥《ふ》せっている私のそばで、何事もなかったように鼻歌を歌いながら、のどかな表情で繕い物などをしていた。リンゴをすりおろし、少量の砂糖を加え、スプーンで口に運んでくれる母の手からは、かすかに甘辛い醤油《しょうゆ》の香りが嗅ぎとれた。

大正生まれにしては長身で、洋装も和装も似合う美しい人だった。晩年になって、脳が萎縮し始めるまでは、私たち子どもの前で、父の悪口は一切、言わなかった。

長く入院生活を送った母が息を引き取った時、妹と共に迷うことなく、葬儀社を通してエンバーミングを依頼した。多少、亡骸《なきがら》をいじることにはなるが、元気だったころと変わらぬ姿になった母を見送りたかった。母もまた、そう望んでいるだろう、という確信めいた気持ちがあった。

三時間ほどたって戻ってきた母の顔には、自然な血色が甦っていた。ウィッグをつけ、つややかなメイクを施された顔は、明らかに十歳ほど若返り、母は九十年にわたって生きた自身の生涯に深く満足して、眠っているだけのように見えた。

このごろ、夫の死顔《しにがお》をよく思い返す。休む間もなく彼に襲いかかり、苦しませていたであろう闘病中の感情の群れが、不思議なほどきれいさっぱり消えていた。死に瀕して味わったに違いない不安や恐怖の痕跡も見えなかった。

三十七年間、共に暮らした男が私にみせた、それはもっとも美しい顔だった。あまりにも静かな落ち着き払った表情だったので、誰よりもよく知っている顔なのに、見知らぬ男の顔のようにも感じた。

生きている以上、人は誰しも例外なく、厄介な自意識に悩まされ続ける。自意識をもたない人間はいないが、同時にそれは漠とした不安や迷い、怒りや哀《かな》しみ、果ては孤独感さえ呼びさます。希望も絶望も、すべて自意識の産物なのだ。

死は彼から、そうした悩ましい自意識のすべてを一挙に削《そ》ぎ落とした。あとに残されたのは、どこまでも平明に澄み渡った安息だけだった。

びゅうびゅうと吹きつける風の中、眩《まばゆ》い陽差しを浴びながら散歩していると、ヤマキジの鳴き声が聞こえてくる。ケーン、という甲高い、少し濁った声。新緑の木々の枝を吹き抜ける風が、その声を拡散していく。初めて耳にした時は何の声かわからずに、少し怖かったことを思い出す。

先代の猫を連れ、夫とこの地に移住して三十一年もの歳月が流れた。

バード・セメタリー

いつからか、小さな空き箱は捨てずにおくのが習慣になった。自宅の窓ガラスに激突し、死んでしまった野鳥の亡骸をおさめ、埋葬する際に使うからである。敏捷《びんしょう》な動きをみせるくせに、彼らは時に、そこにガラスがある、ということがわからなくなる。オス同士の、メスをめぐっての縄張り争いが起こる季節に多発するところをみると、勝負をつけようとして熱中するあまりの事故であるらしい。キビタキ、コガラ、カワラヒワ、ミソサザイ……。ただの脳振盪《しんとう》であることを祈りながら、半日ほど様子をみる。回復し、我に返って翼を拡げ、飛び立ってくれることもあるが、すべてがそうなるとは限らない。

目を閉じたまま、動かなくなってしまった小さな生き物は哀れである。胸が詰まる。固くなった身体をそっと小箱に寝かせ、ティッシュで被《おお》って蓋《ふた》をかぶせる。

そのたびにシャベルで庭に穴を掘るのは、夫の役割だった。浅い穴だと、においを嗅ぎつけたキツネやタヌキに掘り出されてしまうので、ある程度の深さが必要になる。

小さな柩《ひつぎ》を埋め終えると、土の上に野の花を手向け、目印に小石を置き、二人で手を合わせた。私たちは、野鳥の埋葬場所を「バード・セメタリー」と呼んでいた。

夫が死んだので、これからは不運な野鳥のために私が穴を掘るしかない。そう思っていたが、ふしぎなことに、昨年は一羽も事故死する鳥は現れなかった。毎年、うるさいくらいに敷地内のあちこちで営巣し、何羽も雛《ひな》を孵《かえ》すのが当たり前になっていたキセキレイも、昨年はどこにも巣を作らなかった。

野生の生き物にも、喪の気配が伝わるのか。命がひとつ尽きた、という情報が、微粒子のようになって空中にあまねく放散され、それによって彼らは鋭く何かを察するのか。馬鹿げた想像には違いないが、そういうこともあるのかもしれない、と思う。

小鳥の墓所は今もあれど、夫の墓はまだ用意できていない。世界中にはびこる疫病のせいで動きがとれないことを言い訳にし、相変わらずぐだぐだしながら、遺骨と共に暮らしている。

日本中が、いや地球全体が、終息の見通しのたたない烈《はげ》しい戦闘により、粉々に分断されてしまったかのように感じる。連日、ネットやテレビの中に見る世界は、仮想現実としか思えなくなってしまった。

ほとんど誰にも会わない生活である。親しい人たちと電話で話す以外、私の話し相手は猫だけだ。最近では、猫にとっては難解な話も臆さずに口にするようになった。理解しているのか、いないのか、二匹は律儀《りちぎ》によく聞いてくれる。

ブラッシングして抜けた猫の毛を集め、小箱に盛って外に出してみた。野鳥たちが次々にくわえ、巣に運んでいく。うちの猫の毛に包まれて生まれてくる雛を想像する。萌《も》え立つような新緑に雨が落ちてきた。

つながらない時間

昔話の「浦島太郎」を最近、よく思い返す。

助けてやった亀が、御礼と称して彼を海の中の龍宮《りゅうぐう》城に連れて行く。乙姫の歓待を受け、極上の時間を過ごした彼は、陸に戻る際、姫から玉手箱を渡される。決して開けてはなりません、と言われたが、龍宮での暮らしが懐かしくなるあまり、彼は誘惑にかられて箱を開けてしまう。すると白い煙が立ちのぼり、彼は一挙に白髪の老人と化す……という物語であるが、ここしばらく、私の中を流れていった時間も、浦島太郎の玉手箱のようなものだったかもしれない、と思う。

ある日ある時を境に、すべてが恐ろしく変わってしまった。それ以前とそれ以後の時間とが、まったくつながらない。別物のように感じる。

それまで元気だった夫に血痰《けったん》が見られるようになったのが、二〇一八年三月半ば過ぎ。手術不能、ステージ4の肺がんで、すぐに治療を始めなければ余命は半年、という診断を下されたのが四月初め。

あの瞬間から、別の時間が始まった。それまで、ごく当たり前のように流れていた時間が完全に停止した。まったく見覚えのない、想像もできずにいた別の時間の中に投げこまれた。

その感覚は、夫の死を経ても変わらずに続いている。ごくふつうに暮らしてはいるものの、日々刻々、規則正しく流れていく時間は完全に、夫の死病以前と以後とに分断されてしまった。

二つの時間はなかなか結びついてくれない。あちらとこちら。前と後。過去と現在。その狭間《はざま》に佇《たたず》んでいると、いったいどれだけの時間が流れたのか、ということすら、わからなくなってくる。まさに、陸に戻った浦島太郎である。

先日、必要があって、夫が使っていたパソコンを久しぶりに立ち上げた。

彼が死の床で最後に交わした編集者や友人とのメールを今一度、読み返したい、という強い衝動にかられた。最期の日から一週間ほど前。仕事上のメールをどうしても返さなければならなかったのに、すでに彼はキイボードを打つ力を失っていた。

代わりに私が打ちこんだ。これからは小説の口述筆記もやってあげるね、いちいち茶化したりしないから大丈夫、などとさびしい冗談を口にしつつ。

時々、「それ以前」の時間が、今も現実に流れているように感じることがある。

「今から帰りの新幹線に乗るよ」と元気よくかかってきた電話の背後に聞こえる、東京駅の喧騒《けんそう》。洗面台に向かって勢いよく水を飛ばしながら、鼻歌まじりに歯を磨いている彼の横顔。それら、ごく当たり前だった日常の、まぼろしの数々……。

晴れ間が拡がると、ハルゼミが鳴く季節になった。無数の、軽やかな鈴の音のような優しい声。「それ以後」の時間の中で迎える、四度目の梅雨が近づいている。

神にすがる

何という理由もなく、漫然と備忘録をつけ始めてから二十年以上になる。その日、何があったか、出かけた場所、会った人、天候、夕食に食べたものなどを記載し続けてきた。

日記ではないので、喜怒哀楽の心情、分析は一切、綴《つづ》らない。ただの無機質な、他人にとってはどうでもいい日常の記録である。

○月○日、晴れ。夕方から、二人でホームセンターへ買い物。夜、△△社の××氏より電話、長話。……味も素っ気もないメモ書きに過ぎないのだが、思い出そうとしてもはっきりしないことが出てきた時は便利だった。

生前の夫とも、互いの記憶が食い違って言い争いになるたびに備忘録が役に立った。中を開けば一目瞭然。どちらが正しかったのか、その場で証明されるのが痛快だった。

だが、二〇一八年三月末からの記録は、今もまだ冷静に読み返すことができない。紹介されて受診した東京の病院で、余命は半年、という宣告を受けた日の前後の記録。なぜ、そんな時ですら習慣を変えずにいられたのか。後日、改めて書いたものだったのか。

四月一日の欄には、ひと言、こう書かれている。「二人で泣く。抱き合って泣く」。夕食はハンバーグと味噌汁……とある。泣きながら合い挽《び》き肉をこねたのか。覚えていない。

夫はただちにすべての連載を休載し、約束していた仕事の何もかもをキャンセルした。

私も同様だった。たまたま新刊を上梓《じょうし》した直後だったのが幸いした。数名の近しい人たちに事情を告げ、仕事から遠ざかることに決めた。とりわけ、表に出る仕事はほとんど断り続けた。

唯一、気がかりだったのが、何年にもわたって脱稿できずにいた書き下ろしの長編小説である。残りは一気呵成《かせい》に、という段になって夫の病がわかったため、書けなくなった。

二〇一九年晩夏。検査の結果、恐れていた肺への再発がはっきりした。先が全く見えなくなり、私は腹を括《くく》った。一日でも早く書き上げなくては、と思った。夫も私も宗教をもたなかった。神にすがるしかないような時は、八百万の神々や猫神様、何でも勝手に神に仕立て、祈っていた。

先日、テレビの報道番組で、北アフリカ在住の男性が言っていたことに烈しく虚を衝《つ》かれた。彼はこう言った。

「すべては神様がお決めになったことです。だから私は何も心配していません」

この素朴な、しかし、確固たる認識はひとつの力強い救済だ。人生に絶え間なく襲いかかってくる苦悩と不安の荒波は、結局のところ、そうした考え方の中で、いつしか穏やかに凪《な》いでいくものなのだろう。

くだんの書き下ろし長編小説は、長い歳月と夫の闘病、死などの苦しかった時期を経て、今月二十四日、新潮社から無事に刊行の運びとなった。タイトルは『神よ憐《あわ》れみたまえ』である。

かたわれ

深い意味など何もなかった。日常の、よくあるちょっとした思いつきに過ぎない。夫が元気だったころ、私は提案した。「あなたが死んだら、隣の仕事場を霊《れい》廟《びょう》にする、っていうの、どう？」

霊廟、という表現が、彼を大いに喜ばせた。夫は感心したように声をあげて笑い、いいこと言うね、それがいい、と大乗り気になった。以後、私たちは時々ふざけて、彼の仕事場のことを「霊廟」と呼んでは面白がった。

現在、仕事場だった建物は文字通りの「霊廟」になっている。何ひとつ変えていない。捨ててもいない。書棚の本の並べ方、着古した部屋着、彼が愛用していたスリッパから、壁に貼られた古いメモ書きに至るまで、以前のままだ。

窓を開ければ、緑に染まった森が迫ってくる。姿かたちが見えなくなっただけで、夫が今も、デスクに向かってパソコンを打ち、資料用に録画した番組を観たり、本の整理をしたりしているように感じる。

彼の病気がわかってから、私は「がん患者のためのレシピ本」を集め、勉強した。玄米食がいい、と栄養士の友人から教えられ、専用の圧力鍋を買って、毎日、夕食は軟らかく炊いた玄米にした。

同じ敷地内に隣接して建っているので、夫の「霊廟」の二階の窓からは、自宅のキッチンが見おろせる。たまたま窓を開けにきた彼が、キッチンにいる私を見つけ、大きく手を振ってくる。

玄米を炊いている圧力鍋を指さして、はめ殺しになっているガラス越しに、私も手を振り返す。彼はふざけて剽軽《ひょうきん》な顔をしてみせる。私は笑う。

一寸先は闇、という精神状態が長く続くと、ごくたまに訪れる、平和で穏やかな一瞬はかけがえがない。どうということのない記憶ばかりではあるが、それらは今も見境なくあふれ、時を選ばずに甦ってくる。

澄んだ青空が拡がり、緑に染まった森に無数の木もれ日が揺れ、聞こえてくるのは風の音と賑やかな野鳥の声ばかり。そんな完璧に美しい日が訪れると、もう一度、これを見せてやりたかった、味わってもらいたかった、と思う。代われるものなら、自分が代わってやりたかったと今も思う。

元気だったころ、派手な喧嘩《けんか》を繰り返した。別れよう、と本気で口にしたことは数知れない。でも別れなかった。たぶん、互いに別れられなかったのだ。

夫婦愛、相性の善《よ》し悪《あ》し、といったこととは無関係である。私たちは互いが互いの「かたわれ」だった。時に強烈に憎み合いながらも許し合い、最後は、苔《こけ》むした森の奥深く、ひっそりと生きる野生動物の番いのように、互いがなくてはならないものになった。「かたわれ」でなければ、そうはならなかった。

半身として残されることになった私だが、この連載を通し、喪失の哀しみを真に共有し合える大勢の読者と繋《つな》がることができた。稀にみるほど尊い経験だった。

連載を終えて

遠からず逝くことはわかっていた。来《きた》るべき時がきた、と自分に言い聞かせ、夫を見送った。その後の、やらねばならないこともなんとか終えた。

だが、そこから始まった時間は、私の想像を遥《はる》かに超えていた。感情の嵐との闘いが、たちまち常態化していった。思ってもみなかった疫病が蔓延《まんえん》し、私は毎日、家に引きこもったまま、ただ呆然としていた。

昨年の四月初めだったか。亡き藤田さんをめぐる連載エッセーを書いてみませんか、という電話がかかってきた。気心の知れた旧知の編集者からのものだった。

迷った。今はまだ、その種のものを書ける状態ではない、と思った。気力もなかったので返事をいったん保留にしてもらった。

だが、そんな中、いつしか不思議なことに、自身の心象風景を綴りたい、という想《おも》いが、小さな無数の泡のようになって生まれてくるのを感じた。作為も企《たくら》みも何もなかった。すべてが変わってしまった後の、心の風景をそのまま言葉に替えていきたくなっただけだった。

五十回にわたる連載を終えた今、書斎のデスクでは、読者から届けられたメッセージの数々が、紙の小山を作っている。毎週土曜日の掲載後、編集部に届けられる読者からのファクスやメール、手紙はそのまま、すべて担当編集者が私あてに転送してくれた。そのたびに、ひとつ残らず、繰り返し読んだ。そして泣いた。

夫、妻、娘、息子、兄弟姉妹、両親、ペット……亡くした相手は人それぞれだ。百人百様の死別のかたち、苦しみのかたちがある。ひとつとして、同じものはない。それなのに、心の空洞に吹き寄せてくる哀しみの風の音は、例外なく似通っていた。

大きな死別経験のあるなしにかかわらず、年齢も性別も無関係に、人は皆、周波数の同じ慟哭《どうこく》を抱えて生きている……それが、連載を終えた今の私の実感である。この一年は、夫のいない時間を生き始めなくてはならなくなった私が、思いがけず無数の読者の、同様の想いに励まされてきた一年でもあった。

週に一度の連載だったが、ストック原稿は作らなかった。いつも締切ぎりぎりまで待って書いた。日々刻々、森は変化していく。季節は流れる。その日その時の風景、そして自分の気持ちを、二度と巡ってこない瞬間として捉えたかった。哀しみからの復活、再生の方法など、私にはわからない。わかりようもない。わからないままに、その「ワカラナイ」ということ、それ自体を書いてきたつもりでいる。

今日から梅雨入り。遠雷が聞こえている。柔らかなシャワーのような雨の後、森には陽《ひ》が射《さ》し始めた。

文庫版あとがき

三年と十カ月が過ぎて――

最近、遺影の中の夫が、なんだかどんどん若くなっていくような気がする。逆に、毎日、遺影に向かって天候のこと、その日の予定、自分の体調や猫の体調のことなどを語りかけているこちらは、どんどん歳をとっていく。あと五年もたてば、事情を知らない人が遺影を見て、「亡くなられたのは弟さんでしたか」と言ってくるかもしれない。そのうち「弟さん」は「息子さん」になっていくのだろう。悔しいような哀しいような、割に合わないような気にもなるが、私より先に逝ってしまった男の現在の顔は撮影できないわけで、これぱかりはどうしようもない。

彼がいなくなってからも、時間は残酷なほど正確無比に流れていった。季節が静かに巡り続けた。自然界の秩序は呆れるほど規則正しかった。

そして今は、二〇二三年十一月。夫を見送ってから、四度目の秋である。


死別後しばらくの間、私は半ばパニック状態にあった。人には見せなかったが、実は内心、ひどく取り乱し、放心していた。自分で自分を支え、なんとか日々をやり過ごしていくしかなかったのに、それもできない時があった。

そのせいか、あの当時のことをいくら思い出そうとしても、うまく思い出せないことが多々ある。弔問に駆けつけてくれた親しい人たちの顔ぶれや、何を話したか、ということすら。

新型コロナウイルスが世界中に蔓延し始めたころだった。誰もが想像もしていなかった時代がいきなり幕を開けた。

先のことは何もわからなくなった。日々刻々、不安は押し寄せるばかりになった。家から出てはいけない、人に会ってはいけない、マスクをはずすな、人と飲食するな、という事態になった。そんな中、私は誰とも会わずに死後の手続きをした。

弁護士や税理士とは、電話やメールでやりとりした。各種書類をどうやって取り寄せたのだったか。かろうじて冷静でいられたから、できたのか。それとも、すべてが茫漠としていたから、無機質なロボットのように動くことができただけなのか。

夫のいない家が、見知らぬ他人の家のように冷たく感じられた。自分を取り囲んでいる世界がすべて、偽物だったようにも思われてきた。このままいったら、気が変になるかもしれない、と感じることもあった。実際、変になっていた瞬間もあったと思う。

でも、本当の意味で変になることはなかった。パンデミックも手伝って、正気を保ち続けることは至難の業《わざ》だったが、それでも私は正気を保っていられたように思う。少なくとも、朝日新聞土曜版「ｂｅ」で「月夜の森の梟」というタイトルの連載エッセイを書き始めることができたのだから。

いいことも悪いことも、人生のすべては過去のものになり、自分にはもう、書くことしか残されていない、と思った。書いている時だけ、現実との境界線がおぼろになった。苦しみが和らいでいくのがわかった。そして私は結局、自分が書いたものに自分自身が救われていく、という、まことに奇妙な、気恥ずかしいような体験をした。

あれから三年と十ヵ月の月日が流れた。連載エッセイは単行本になり、さらにこのたび文庫化されることになった。

改めて全編を丹念に読み返した。通して読み返すのは久しぶりだった。これを書いたのがあの時ではなく、もっとあとだったら、まったく違ったものになっただろう、と感じた。

時間がたてばたつほど、よくも悪くも客観的になる。喪失感の表現や言い回しが、妙に理屈っぽくなる可能性があった。読者の共感を得ようと意識するあまり、文章や内容に、気障《きざ》ったらしい自意識が見え隠れしていたかもしれない。そうなったら、それは私にとって、ひどく不本意なものにしかならなかっただろう。

あの、底無しの絶望と孤独と放心、不安と慟哭《どうこく》……感情を表現すること自体、できそうにないような時期だったからこそ書けるものが確かにあった。そうした中を生きるしかなかったからこそ、浮かんでくる言葉、記憶、風景の数々があった。

本書にはまぎれもない、死別直後の、何の飾りもない、飾ろうにもその力すら失われ、素っ裸になっている私自身がいる。生木を裂く、という言い方があるが、まさしく私は、これを書いていた時、裂かれた生木の状態のままだったように思う。

だからこそ、と言うべきか。幸いにも数多くの、同様の体験をした読者たちと、見えない手と手を結び合い、一本の線で細く長く繋がることができた。

今も時々、編集部を通して、全国の読者からの手紙が転送されてくる。そのつど、私は一通一通、襟を正して読む。二度三度、と繰り返し読む。すべての手紙に長文の返信を送りたい衝動にかられてくる。残りの人生を読者への返信を書くことだけで費やしてもいいではないか、と思うことすらある。

個別の「死」……死んだ、ということ以外、何の共通点も持たないような「死」が、これほどまでに時空を超えて、残された者同士を繋げていく。まさに渦中の人間になってみない限り、実感できないことだった。

「死」と「生」は表裏一体。「死」は「生」を伴い、「生」は常に「死」を伴って、両者はぐじゃぐじゃに絡まり合いながら、人間の本質を見せてくれるのだ。

夫が帰らぬ人になってから二年後の、五月半ばのことだった。私は二匹の愛猫のうち一匹を自宅で看取った。十五歳になったばかりの雌猫だった。

しばらく心配な症状が続いていたのに、原因がわからなかった。はっきりしたのは死ぬ直前。膵臓にがんができている、と言われた。最後は連日、苦しそうな吐血が続いた。きれいに生えそろっていた背中の毛がごっそりと抜け落ちた。

愛するものとの別れは続く。生き物である以上、死は避けられない。だが、できることなら逃げたい。最後など見ずにいられる人生を送ってみたい。もう、「死」はこりごりだ。勘弁してほしい。……そう思うのだが、結局、私は病み衰えた愛猫が、この世の最後に発した切ない鳴き声を受け止めてやるしかなかった。独りで看取るのが怖くて怖くて、夫がいてくれたら、と思い、心細さに震え上がった。

だが、その後、不思議なことが起きた。死んだ猫が、私をさびしがらせないよう配慮し、呼び寄せてくれたのか。彼女の死の直後、急にわが家のまわりに見慣れない、若い野良の雌猫ファミリーが、わらわらと集まってくるようになった。

これまで長くここに住んでいて、たまに野良猫をみかけることはあっても、何匹もの猫が一斉にやってきたことなど一度もなかった。

いささか手を焼かされたが、それぞれに不妊手術を施した。今はみんな、わが家の周辺を中心に、森を棲家として賑やかに生活している。猫好きだった夫が生きていたら、さぞかし喜んでいたことだろう、と思う。

夜、猫たちにごはんをやりに外に出た時など、ふと、夫がそばにいるような、ふしぎな気分になる。猫たちには、私のそばで蜉蝣《かげろう》のように浮遊しながら、目を細めて食事風景を眺める夫が見えているのではないか、と思うこともある。

逝く者、来る者、生まれる者、去っていく者。今日もまた、日が暮れていく。冬に向かって、どんどん日が短くなった。

この稿を書いている私の書斎に愛猫がやって来た。彼女は十六歳で、死んだ猫とは姉妹関係にあたる。まだ五時にもなっていないというのに、早くも彼女の夕ごはんの要求がけたたましくなった。

そして外では今日も、総勢十四の常連猫ファミリーが、ごはんを手に出ていく私を今か今かと待ちかまえている。この季節、みんな、背中やしっぽ、頭の上に、琥珀色をしたカラマツの落ち葉をくっつけているのが可笑しい。

愛するものが死ぬと、また新たに世話をする相手が現れる。因果なものである。自分はそういう星のもとに生まれついたのではないだろうか、と最近、思うようになった。

以前と少しも変わらず、涸《か》れた古井戸の底、もしくは、古木の小暗い洞《ほら》にうずくまって、じっとしているような感覚が私の中にはある。

夫が逝ってからは、それまで以上に、太陽よりも月の光のほうが好きになった。昼間よりも夜。燦々《さんさん》と光がきらめく水色の空ではなく、無音の星々が瞬く群青色の夜空を見上げているほうが、心落ち着く。

まだ充分、人生の残り時間があるのだから、前を向いて再出発すべきだ、とか、もっと人生を楽しみなさい、とか、別にひねくれているつもりはないのだが、その種の励ましや勧めには心動かされずにいる。それは三年十カ月前と少しも変わっていない。

日にち薬、なのではない。月日が去って、時間がたったから、喪失の苦しみが癒え、元気を取り戻し、世界が薔薇色になるのではない。

本物の元気というものは、作り笑いや、こうあらねばならない、とされる世間の決まり事、有象無象の前向きの考え方、たくさんの予定をこなすこと、大勢の人々と交流すること、旅をしたり、新しいことを始めようとしたりする気分の中にあるのではない。もっと静かに、その人間の身体の奥底に、あるかなきかの、かすかなおき火のように絶えず控えめにくすぶっていて、ふだんは決して外からは見えないものなのだ。

……そんなことも私は知った。

二〇二三年（令和五年）霜月

小池真理子

解説

林真理子

小池真理子さんの『月夜の森の梟』は、朝日新聞紙上で、二〇二〇年から連載された。たちまち大変な反響を呼び、終了後に特集記事が組まれたことを記憶している。

が、私はものを書く人間なので、少し別の感想を持った。単に「感動した」「自分も亡くした大切な人を思い出した」というわけにはいかない。まず私が持ったものは「すごいなあ」という感嘆である。

愛する夫を亡くした、というエッセイであるが、一回として同じ切り口がない。全く読者を飽きさせることなく、この連載を続けることに、どれほどの文章力が必要なことか。ここには書かれていないが、もっと凄絶な修羅場や絶望もあったに違いない。が、小池さんはそういうことを極力省いて、自然のうつろいや、整理された記憶の中から見事な文章をつくり上げているのである。

小池さんはもともと、文章の美しさで定評のある作家だ。磨き抜かれた言葉は、凛とした水晶のようで、それは自然描写と実にうまく結びつく。

「金木犀」を描いた回がある。

「橙色の小さな花をつけた金木犀は、香りが感じられてもどこにあるのか、すぐにはわからない。さほど大きな樹ではないから、民家の塀や立ち木の向こうに隠れてしまう。風に乗って流れてくる甘い香りが、束の間、ふわりと鼻腔をくすぐっていくだけ」

これは三十七年前、二人が共に暮らしていた頃のスケッチだ。小池さんは金木犀を比喩として、幸福のさりげなさを書いているのである。読者はまず花の描写にひきつけられ、そしてすぐに人生の深淵へと誘われる。短い文章で、これだけのことが出来る小池真理子という作家に、同業者としての私はまずうなったのである。

などと技術論を書いていくと、私が藤田宣永さんの死に冷淡のように思われるが、全くそんなことはない。私は藤田さんが大好きだった。それほど長いつき合いではなかったが、文学賞の選考委員も一緒にするうち、私は藤田さんという人にどんどん惹きつけられていったのである。

よく喋る人であった。小池さんも、

「あの人は殺されても喋り続けるはず」

と言っていらしたが、食事にはほとんど手をつけず、煙草を吸いながらずっと話は終わらない。その話はとても面白い時もあったが、そうでもない時もあった。しかしそこにいる人たちは、藤田さんのサービス精神とやさしさにまず魅了されるのだ。あの時に流れていた温かい空気を懐かしく思い出す。

肺癌が見つかった次の年も、ちゃんと文学賞の選考会にいらした。皆に経過を聞かれ、

「それがさ、大変だったんだよ。こんな検査してこんなこと言われて、でもね、その後の経過がよくて……」

ずっとご自分の闘病について喋りまくった。

あぁ、少しも藤田さんは変わっていない。これなら大丈夫だと、私は涙が出そうになるぐらい嬉しかったのを憶えている。

けれどもその喜びはすぐに断ち切られたのである。軽井沢にお悔やみに行った私に、小池さんはさまざまなことを話してくださった。それは連載には書かれていない、本当につらい闘病のあれこれである。

おうちのリビングルームには、蓋が閉じられたままのグランドピアノが置かれていた。初めてうかがった時、このピアノに向かって藤田さんが毎朝まず何かを弾かれると聞いた。

「まるでジョルジュ・サンドが、毎朝ショパンのピアノで起きるようなものだね」

と言ったら、

「そんないいもんじゃないわよ」

小池さんは笑ったものだ。

二人を「おしどり夫婦」と呼ぶ人がいたが、それは違うと思う。小池さんも否定している。私が見ている限り、「おしどり」などというほのぼのとしたイメージはない。

激しく愛し合い、激しくリスペクトし合っていたという感じだ。その激しさゆえに、喧嘩が絶えなかったと文中にもある。

何年か前だろうか、酔った藤田さんが私に言ったことがある。

「俺は自己チューの男だから、俺が別れたくなければ絶対に別れないんだ。あいつが何と言おうと別れないんだ」

おそらくお二人にもめごとがあった時ではないか。とにかく「別れない」という言葉をずっと繰り返されていた。

どちらも人気作家とはいえ、二人が同じうちに住んでいれば、トラブルはいくらでも起こっただろう。しかし多くの人は、朝日新聞の一面に載った二人の写真を憶えているに違いない。それは二〇〇一年、藤田さんが直木賞を受賞した時の記事だ。小池さんはその五年前に直木賞を受賞している。藤田さんの受賞が決まり、まずは安堵したのであろう。夫を見つめる目は、まるで母のような優しさに満ちている。

それから何年かして、藤田さんが吉川英治文学賞という大きな賞を受賞された時の、贈呈式での小池さんの美しい着物姿も忘れられない。小池さんは四年前に、既にこの賞をとられているのだ。どちらかが狭量な心の持ち主ならば、おそらく嫉妬という黒いものがしのびよったに違いない。が、そんな気配はまるでなかったことに、私を含めてまわりの者たちはただただ尊敬の念を抱いていた。

「直木賞もそうだけど、夫婦で吉川賞ってまずいないよね」

藤田さんは嬉しそうにずっと喋り続けていたものだ。藤田さんはその十数年前、『愛さずにはいられない』という長編小説を書いていた。これは本書にもあるように、酒と煙草、ナンパに明け暮れる高校時代を描いたものだ。年上の女性と同棲もしていたらしい。しかし藤田さんがご自分の過去について、饒舌になればなるほど、あまり胸に迫ってこなかったのは、小池さんという絶対的な存在がいたからではなかろうか。それよりも、

「恋愛経験は多い方だと思うが、すべて小池真理子に出会うためのものである」

という言葉の方が、すとんと胸に落ちていくのである。

そして単行本帯カバーにも書かれたこの言葉。

「年を取ったおまえを見たかった。見られないとわかると残念だな」

これほど強い愛の言葉を私は知らない。妻に別れを告げながら妻を賛美している。当時小池さんは六十代後半だったはずであるが、今もその美貌が損なわれることはない。藤田さんにとって、小池さんは長年つき添った古女房ではなかった。

未だにみずみずしく美しい女なのだ。こんな夫が逝ってしまったのだから、小池さんが冷静でいられるはずがない。それなのに『月夜の森の梟』の、この静謐はどういったらいいのだろうか。やはりこれは作家の力技なのである。渾身の力を使い、静かに生と死を書いた。

そして、この本の大きな魅力は軽井沢の自然にもある。藤田さんの喪に服すように、その年の小鳥や動物たちはいつもと違う動きを見せたらしい。

小池さんは定点観測をしていると、私はご本人に言ったことがある。東京に移ることをせず、ずっと二人で暮らしてきた、山の中の大きなおうちに一人暮らしているのだ。雪かきをし、春を迎え、そして蟬の声を聞く。とことん夫の記憶とつき合った人でなければ、この本は書けなかったであろう。よそに行くことなく、動かずに自分の心をじっと観測した。

そしてこの連載と並行して、小池さんは『神よ憐れみたまえ』という長編を書き上げたのである。作家の矜持をつくづく感じる。

（はやし　まりこ／作家）

月夜《つきよ》の森《もり》の梟《ふくろう》　朝日文庫

2024年2月28日　第1刷発行

著　　者　小池真理子《こいけまりこ》

発 行 者　宇都宮健太朗
発 行 所　朝日新聞出版
〒104-8011　東京都中央区築地5-3-2
電話　03-5541-8832（編集）
03-5540-7793（販売）

印刷製本　大日本印刷株式会社

Published in Japan by Asahi Shimbun Publications Inc.
定価はカバーに表示してあります

ISBN978-4-02-265137-2

落丁・乱丁の場合は弊社業務部（電話 03-5540-7800）へご連絡ください。

送料弊社負担にてお取り替えいたします。